Cambio de bandera

Félix de Azúa

Cambio de bandera

EDITORIAL ANAGRAMA
BARCELONA

Portada:
Julio Vivas
Ilustración de Angel Jové

Primera edición: noviembre 1991
Segunda edición: noviembre 1991

Pedró de la Creu, 58
08034 Barcelona

ISBN: 84-339-0930-4
Depósito Legal: B. 39296-1991

Printed in Spain

Libergraf, S.A., Constitució, 19, 08014 Barcelona

Para Juan García Hortelano

AVISO

Esta es una obra de ficción. Ni que decir tiene que todos los acontecimientos y personajes son imaginarios. Incluso las fechas y buena parte del paisaje son fantásticos y aproximativos.

El trasfondo político, en cambio, no es tan imaginario. Pero debo alertar al lector para que no se fíe de las apariencias y tenga presente, siempre, quién expresa las opiniones, a veces contundentes, que va a encontrar en estas páginas.

Los numerosos libros que he utilizado para amueblar el relato son, casi todos ellos, tópicos de la bibliografía. Sin embargo me gustaría mencionar algunos, menos populares pero más interesantes para el saqueo de los detalles, como el excelente trabajo del coronel del Arma de Aviación Emilio Herrera *(Entre el añil y el cobalto)*, el diario de José de Arteche *(Un vasco en la postguerra)*, las fascinantes confesiones del padre Olaso *(El «pacto» de Santoña)*, los diálogos de guerra de Carlos Blasco Olaetxea, las memorias de Manuel de

Irujo, o los estremecedores volúmenes sobre Navarra en el año 1936 *(De la esperanza al terror)*, entre muchos otros. Son trabajos de notable interés, pero habiéndose publicado en editoriales con escasa divulgación (la mayoría de ellas especializadas en el mercado vasco), no son muy conocidos en el resto de España.

INTROITO

1

Hoy el viento sacude los plátanos y las acacias, sacude las acacias y los plátanos, el viento, siempre con inspiradas ideas, siempre el viento trae agitación a las cabezas, sacude, también él, las cabezas. Cada cabeza tiene su propio viento, en la nave interior, es sacudida por un viento inspirado, en ocasiones, poderoso, muy poderoso.

De ningún lugar es este viento de hoy, o de un lugar aproximado, el noreste. Hacia el noreste. Y cuando llega, como ahora bien lo recuerdo, un insoportable vendaval de figuras, como hojas, trae consigo.

Así eras tú, la perfección, hija tú también de la perfección, y con orden perfecto te engendraron, te parieron y te libraron, aproximadamente. Pero engendrada demasiado tarde, en un mundo ya extinguido, tu perfección no pudo ser excelencia, sino más bien enajenación para los ojos envilecidos de muchos españoles y algunos extranjeros, en tierra envilecida, en esta tierra envilecida. ¿Tu perfección? ¿La perfección en una tierra envilecida? ¿Precisamente en esta tierra? La tierra de tus padres ya no existe. Ni existía siquiera cuando tus padres te engendraron.

2

Fueron, tus padres, vascos, el uno de Vizcaya y ella de más al sur, Navarra, pero ambos de largo establecidos en San Sebastián cada verano, cada interminable verano que se prolongaba hasta octubre, algo, entonces, no más decisivo que hablar con corrección, porque la distinción era internacional y aun cuando ellos habitaran en una nación áspera y pobre, hablaban con la corrección que distingue y veraneaban interminablemente, incluso en invierno.

Técnica sutil para distinguirse de un pueblo salvaje que ya entonces comenzaba a imponer su presencia mediante hábiles recursos. La democracia, etcétera. Desazón de tus padres al cruzarse con parejas monstruosamente obreras, ya no sumisas, en paseos hasta entonces inaccesibles a los no distinguidos. Desazón cuando el obrero estrujando el talle de la obrera no sólo no baja los ojos sino que, con desafiante chulería, hinca sus pupilas en el nido de pestañas de tu madre.

Hermoso especimen del obrero de Trintxerpe, fecundo cazadero de la CNT donde se producirían fenómenos como Picó, camarero del Kursaal, cuya ambición en este mundo era la de degollar a su gerente, por lo que abrazó la causa revolucionaria, o de este obrero que ahora hinca sus pupilas en el nido de pestañas de tu madre.

«Déjales hacer, mujer, están descubriendo el mundo y tomándolo en propiedad. No pases cuidado, esto no es Rusia», ¿le diría tu padre, entusiasmado con aquella república cuyo presidente ya no apestaba ni a espuela, ni a sacristía, aunque sí a fría colilla de Ateneo, aunque sí a rancio cuero de encuadernación, sí, mucho sí, a tinta de periódico, a café con leche, a culo arrastrado de silla en silla por el mugriento Madrid?

Ellos, como es de razón, lo ignoraban, pero en el mismo instante en que la pupila bakuninista desfloraba el nido de pestañas de tu madre aquel once de octubre de mil novecientos treinta y uno, escribía en su diario el futuro presidente Azaña: «Entro en la sesión para divertirme un poco oyendo a Samblancat, un bárbaro natural de Graus, y diputado revolucionario por Barcelona, donde tiene, en el barrio chino, una tienda de condones», esto escribía el futuro presidente Azaña el mismo día en que tu padre apaciguaba un violento latido en el pecho de tu madre: «Has de comprender que esta pobre gente debe salir de su postración secular y que al comienzo todo será novedad para ellos y para nosotros. Es deber nuestro dar ejemplo de moderación y hombría, pues ellos ignoran las normas que de un modo natural hemos nosotros recibido con nuestra educación, y no mires hacia atrás, hazme el favor.»

3

¡Cuerpo diplomático! Así se llama. Bastaba entonces con una cierta estatura, superior a la complexión media nacional (hirsuta, piernicorta, dentipodrida), dos idiomas, el respaldo de un financiero, dos diputados, una cena íntima, abuelos condecorados en el campo liberal (uno) y carlista (el mismo), jugar al tenis y poseer uno de los escasos Daimler matriculados en la verde vasconia, para pertenecer ipso facto al cuerpo diplomático. ¿Los teníamos? ¿Teníamos incluso el par de diputados nacionalistas? ¿Había por entonces una casi perceptible presencia vasca en el cuerpo diplomático? ¿Podíamos representar a la nación con el ojo puesto en otra nación, dos naciones, y las que haga falta? ¿Advertiría el Partido Nacionalista Vasco de la necesidad de ir preparando embajadores vascos para ir creando un semillero donde echara raíz una futura diplomacia vasca al servicio de la única y verdadera nación, a saber, Euskadi? ¿Todo esto en 1931 o 1932? ¡Naturalmente que sí!

«Todo lo que hemos heredado nos concede una superioridad natural cuyo uso es en extremo peligroso. No vayas a creer que si ha triunfado la República ello se deba a la voluntad moral del pueblo español. Nada de eso. La democracia es una consecuencia técnica, fatal, en todo proceso de industrialización. España y el País Vasco han crecido mucho en el último siglo. La complejidad administrativa de un estado industrial no puede gerenciarse con los ladridos de un directorio militar; eso es bueno tan sólo para países agrarios, feudales. Aquí se impone un sistema moderno y de progreso», decía tu padre.

Tu madre observaba con disimulo el escote; audaz, de haber paseado por Pamplona, pero sólo atrevido allí, en San Sebastián. ¿Faldas más cortas? ¿Espaldas desnudas? ¿Cabello corto? ¡Sin medias! Todavía durante aquel octubre templado, casi cálido, a pesar de las frecuentes irrupciones de la borrasca atlántica, el jersey color cereza comprado en Biarritz descansaba en el estante superior del armario de luna. Tenía tu madre, entonces, diecisiete años. Comprobaba, tu madre, que a cada transformación política le corresponde una transformación del cuerpo femenino, como si fuera éste el cálido heraldo de un abstracto delirio administrativo.

CAPITULO I

4

Viento atlántico, tan distinto del noreste que hoy sacude plátanos y acacias, tan distinto, el atlántico que sacude raquíticos tamarindos en el Paseo, desolada bahía una vez desolado el país, arrasado por el viento nacional que apesta a cebolla e incienso.

Figuras que el viento arrastra en el vacío de una cabeza sin aire ni luz, cabeza asfixiada por el viento, panteón de figuras sacudidas. Así, figura del primer destino diplomático de tu padre en la irreal Nankín. Allí el vasco, feliz, sin embargo. Su espíritu abierto, por atavismo, a las enormes distancias de arcaico piloto ballenero, en un mar continental, el océano de polvo, el colosal imperio de guerreros enterrados con sus cabalgaduras de terracota.

Estampa descolorida, pero también entonces de bella tonalidad sepia, la célebre excursión al Tibet, allí, el vasco, feliz, cubierto por un salacot, amplia sonrisa, el brazo apoyado sobre la rodilla y el pie al estribo de un Hispano, propiedad de la muy prescindible legación, en su excursión al Tibet. Fugaz imagen del posterior destino de España entera, del País Vasco al completo, de tus propios padres, tibetanos todos, según las palabras proféticas de un señorito atildado, metido a filósofo, el señor Ortega, levísima brizna que el más ligero viento arrastra sin hacerle perder la sonrisa, ni el cigarrillo rubio embutido en boquilla de carey. Perfecta estampa de cuanto podía dar de sí la clase distinguida, habituada al mando, incrustada en pisos mal ventilados, en permanente penumbra. También él, el mencionado señor Ortega, arrasado por el huracán más tarde, arrasada su boquilla de carey, su perpetua sonrisa, el lazo de pajarita, el canotier, el doble principio en Leibniz, único lector de alemán en un país mudo, al menos, en cuatro lenguas, el gallego, el vasco, el catalán y el castellano, completamente mudo en todas las restantes lenguas también. Sería lanzado por los aires, el señor Ortega, más tarde, triturado como *chansonnier* de la filosofía, triturado con su boquilla y su pajarita, el distinguido.

5

Desde China, cartas, muy pocas, en el espantoso año mil novecientos treinta y tres, año de matanzas y motines, cartas a tu madre, la guapa navarra de buen pecho y pierna algo roqueña, herencia abscondida de la montaña, herencia agria y capruna filtrada en el cerebro de tu madre. Temblando recibía esas cartas llegadas por valija diplomática, junto a las fotografías color sepia, y miraba casi sin leer, casi sin poder leer la letra metódica del guapo novio vasco en turismo tibetano.

«Querida, queridísima Carmen, hace ya una semana me decía el canciller, hombre a quien te encantaría conocer, un *bon vivant* pero de espíritu científico (debieras ver la colección de antigüedades que posee y el exquisito cuidado que pone, cuando la muestra, en no abrumar con su erudición), me decía que Tibet es, para esta apartada zona de la tierra, lo que para nosotros pueda ser El Escorial, comparación acertada desde el punto de vista social, pero no tanto si nos atenemos a la positiva situación de ambos santuarios, llano el uno hasta confundirse con el valle, vertical el otro cual si buscara a Dios, pues los chinos carecen de elevación», así comenzaba la carta última, recorrida con ojo apresurado por tu madre, la navarra de buen pecho, impaciente por llegar a las palabras que dan sosiego, los conjuros que sostienen el ánimo.

«Cada noche es para mí una tortura; te presentas una y otra vez en alma y cuerpo ante mis ojos, pero es tu cuerpo, en este lugar abstracto, lo que me desazona. Veo tus mejillas y no puedo besarlas; tu aliento me templa pero no encuentro tu boca; ardo como una tea, a pesar de la bajísima temperatura», y así sucesivamente hasta que tu madre, inflamada, abre con violencia la ventana y respira el aire de La Concha, mareada, ciega de celo, y los noctámbulos buscan con la mirada, sin hallarla, la fuente de un estremecedor bramido.

Y también, «Habrás observado, querida Carmen, que nunca, en ninguna circunstancia, a pesar del uso frecuente que hacen del mismo tus amigos, he utilizado contigo el diminutivo de "Menchu". Yo no puedo frivolizarte aun cuando nos separen bastantes años, los cuales, en ocasiones, me llevan a verte más infantil de lo que eres. Una de mis más profundas convicciones es que, una vez superados los inevitables tirones y violencias de esta adaptación de España a un régimen europeo y de progreso, debemos entre todos reconstruir una patria vasca sin lugar para el diminutivo. Esto lo he comprendido aquí, tan lejos de nuestro país, porque en China es inconcebible el diminutivo, y siendo nuestra tierra tan pequeña, y siendo los pueblos tan mínimos y las playas tan discretas y los montes tan perfectos y los ríos tan contenidos, tendemos por ello a verla "diminutiva", si me permites la expresión. ¡Qué abuso de diminutivos en Euskadi! ¡Pero no somos gallegos! Debemos pensar en nuestra tierra con los términos más nobles y amplios, así como piensan en la suya los holandeses y los suizos, los cuales carecen de encogimiento frente a naciones más extensas. Cuando regrese quiero influir en la política vasca para que se desarrolle una opinión moderna y técnica de nuestra tierra, siempre tan asfixiada por la presión rural y aldeana. Quiero acabar con el lugar común bucólico, arcaico, e introducir el amor al maquinismo, al espíritu positivo. ¡Somos la raza del hierro y el carbón! ¡No somos queseros! Estoy reuniendo apuntes para un ensayo en tal sentido. Pero, ¡ea!, te estoy aburriendo. Bien se ve que habito en los antípodas. Carmen, mi soberbia Carmen... ¡Nunca Menchu!», esto lee tu madre desconcertada porque sus padres siempre la han llamado Menchu, sus amigas del colegio no de otro modo la llamaron, sus hermanos la llaman Menchu, pero quizás sí tiene razón Luis y suena un poco a chino.

6

Ella también, de algún modo, en el Tibet, según la profética palabra del atildado filósofo más tarde triturado con su boquilla, su canotier, su pajarita y la insoportable sonrisa. Ella, sumergida en el gran caldero de los republicanos y los anarquistas y los socialistas y los radicales y los nacionalistas y los clericales y los falangistas y los no menos clericales anticlericales y las amigas y las madres y las tías y los potentados y los concursos hípicos y los gallardos militares de atravesada catadura, afilados como bayonetas, deportistas de amplios pantalones blancos cuyo dobladillo reposa sobre zapatos ingleses de doble color, el caldero de lo distinguible.

«¿Y dicen que ya regresa Luis de China? Lo que estás pasando, con el novio tan lejos. ¿No podrían destinar más cerca a los solteros, digo? Un hombre casado viaja con la familia, pero el pobre Luis, en China, tan solo...», por ejemplo. Todas ellas, las amigas, encajadas en la posición de salida, como caballos, escudriñando las ventajas ajenas, bajo la mirada calibradora de majestuosas matronas virilizadas por una sociedad enclenque, severas guardianas que mantienen a distancia a un puñado de maridos chulescos e inocuos, maridos abúlicos de hígado hinchado y cerebro gaseoso, todos barridos, luego, por el huracán, todos empapados en sangre.

7

El viento que hoy sacude mi cabeza trae estampas de tu buen padre, en el Tibet, observando benévolo un paisaje, la muralla del monasterio, termitera de clérigos sin dios, y el vasco, ufano, con un pie sobre el lomo de la bestia tibetana, aunque a él también le sacude en algún momento una ligerísima duda sobre inminentes peligros, crímenes, fratricidios, atrocidades...

Es breve, sin embargo, la duda, allí en la roca donde yacen encadenados los titanes de Oriente, pronto la duda es otra: ¿qué comprarle a Carmen? ¿Bata de seda con dragones verdes y azules? ¿Un jade que, desdichadamente, cuanto más antiguo más falso parece? ¿El trípode de bronce? Pero ¿cómo va Carmen a apreciar estas cosas, pobrecita ella, la pequeña provinciana de Pamplona, habituada a un mundo microscópico en el que algo tan inasible, inabarcable como China, carece de la menor importancia?

«Lo único que conozco de China es la vajilla que trajo tía Luz de Gibraltar, con flores por todas partes», había comentado lívida cuando tu padre le comunicó cuál iba a ser su primer destino.

«Te equivocas, Carmen. "China", en inglés, quiere decir porcelana, y se aplica a toda vajilla de cierta calidad», no pudo evitar responder el guapo vasco, siempre didáctico con la provinciana de buen pecho, compadecido luego (pero siempre luego) por la mirada sumisa y esa boca que alcanza a decir «Ah, perdona, soy tan burra».

Pero no era burra, aunque no sepa elegirle un regalo, irritado por la desproporción entre el elevado precio del mismo y el escaso efecto que puede causar en la provinciana, la pobre muchacha de Pamplona, tu futura madre. No era, en absoluto, burra, como luego sabrás.

8

¿Fue entonces? ¿Fue allí, calentado por el soplo del viento amarillo cuando tu padre comprendió uno de los movimientos esenciales de la termitera humana?

¿Fue sosteniendo el salacot con una mano para evitar que volara por la abismal quebrada tibetana, cuando pudo, por fin, comparar dos destinos paralelos, China y las provincias vascongadas? ¿Se percató de que China había sido una cultura, un entramado de fluidos animales, económicos, religiosos, pero no una nación, antes de la revolución, del mismo modo que el País Vasco había sido, hasta entonces, también, un agregado natural y arcaico, un mundo tribal y atávico formado por familias y feudos, pero no una nación y que, por lo tanto, era imprescindible una matanza, un estallido de la entraña social, para que emergiera la nación vasca? ¿Comprendió, al fin, que las naciones sólo crecen en charcas de sangre?

¿Fue aquella tarde, observando al campesino, al antropoide milenario abandonar los aperos de labranza y alzar la mirada al paso de un avión correo, el primer aeroplano, seguramente, que penetraba por aquellos ojos prehistóricos –ojos, manos y aperos invariados desde el primer asentamiento neolítico–, cuando tu padre decidió introducir el aeroplano en la primitiva, atávica, neolítica conciencia vasca?

No. Todavía ignoraba lo que un aeroplano iba a deshacer en su vida y en la tuya; incluso en la mía. En aquella ocasión sólo cavilaba, desconcertado, acerca del magnífico efecto que causaría en la sociedad distinguida de San Sebastián una muñeca de marfil ataviada con los hábitos de la extinguida dinastía manchú, juguete de muy escaso precio, y, como contraste, el ligerísimo por no decir nulo interés que suscitaría la vasija de ofrendas Fang-i, de unos treinta y cinco centímetros de altura, diez siglos anterior a Jesucristo, pieza digna de figurar en el Museo Británico, pero que pasaría, sin duda alguna, inadvertida en el salón de un matrimonio vasco recién casado. Sociedad injusta, la vasca, se diría tu padre, muy injusta.

9

Así lo comentó en la legación de Nankín, a su regreso, durante una de aquellas soporíferas cenas del encargado de negocios (no podía llamársele embajador, ni siquiera «canciller», como solía escribir tu padre, el vasco) en las que no se hablaba más que de España, o con mayor exactitud, de Madrid y del clima especialmente sano que se disfruta en la casita de El Escorial, «donde, evidentemente, una vasija Fang-i pasaría, también, completamente inadvertida del modo más grotesco, de manera que compre usted mucha seda, mucha muñeca de marfil y no se gaste semejante fortuna en un cacharro que, para serle sincero, es de una fealdad insuperable, un paradigma de la barbarie de este pueblo. O bien cómprela, Luis, si así lo desea, ya que le sobra ese dinero, pero luego véndasela a un alemán en Colonia o en Hamburgo y haga usted un buen negocio. ¡Pero no se le ocurra mostrarla en una sociedad latina y refinada, porque puede usted horrorizarla y deberá, además, aguantar educados comentarios sobre objetos que nos han costado más caros que un chalet en Niza!».

10

Pero un viento ignoto le empuja una y otra vez hasta la puerta de laca granate desportillada, vencida por una revolución que está forzando a fraguar el hormigón de la masa nacional, y, una vez atravesada la puerta, de nuevo, tu padre queda absorto, fascinado ante la pequeña vasija de bronce en la que ve inscripciones tan arcaicas y sagradas como las de los cementerios euskaldunes, quizás las mismas, las primordiales; signos que todos los hombres antiguos dedicaron a su pavor elemental, signos en homenaje a sí mismos, los auténticos y únicos dioses y héroes, según dice tu padre. Y él no lo sabe aún, pero es cierto que los ideogramas de la vasija van a hablarle, mucho más tarde, años más tarde.

Día tras día, tu buen padre reanuda el regateo por medio del intérprete oficial, un mestizo carcomido por la disentería, pendiente de un hilo ligerísimo que ya ningún dinero, ninguna cifra hará vibrar de emoción. Pero en cada nueva visita el viejo mercader sube el precio en lugar de bajarlo, para desesperación y cólera de tu padre, el cual acaba siempre golpeando al intérprete consumido por la enfermedad, hasta que se desploma sin sentido bajo la mirada ausente del mercader.

Golpea, tu padre, al intérprete porque es sin duda él, no el anciano, quien sube el precio para aumentar su comisión. Pero es inútil cambiar de intérprete. En primer lugar, porque es el único que conoce el español, aprendido en Cuba; y en segundo lugar, porque de elegir un intérprete francés, lo mismo sería, pues los truchimanes forman un cuerpo cerrado y comparten la explotación del cuerpo diplomático y la colonia extranjera como si de buena ganadería se tratara, ya que aquí no hay negocio individual. Todo es masivo, todo es colectivo. ¿Todo es nacional?

11

¿Influiría de modo decisivo su audacia, al presentarse días más tarde él solo ante el anciano, de manera que ya nada disimulara su impúdico interés por la pieza? ¿O quizás el anciano, a pesar de su pétrea indiferencia, concibió una sombra de temor al observar la progresiva violencia de tu padre, violencia que nunca se sabe a dónde puede llevar, sobre todo cuando los extranjeros se emborrachan y acaban por darle un tiro al vendedor de collares, al anciano mercader? ¿Había, quizás, conocido al otro vasco, al alcoholizado vasco de nombre Pastor, que sobrevivió a la epidemia de peste de 1918, en Pekín, único caso de apestado superviviente gracias al alcohol y a una vida impenetrable, hosca, al margen del barrio diplomático, la pistola siempre amartillada, perfecto representante de su país?

¿O estaba tu padre, en efecto, borracho aquella tarde, cuando golpeó la puerta de laca granate, arruinada, como si fuera a derribarla? Abrió el mercader, impasible, y tras observar con desgana a tu padre durante un interminable minuto, regresó con la vasija de ofrendas, cuyos reflejos verdes de bronce oxidado durante tres mil incomprensibles años pintaban rayas de locura en la pupila de tu padre, el vasco. La tomó con sus manos, la alzó por encima de la cabeza, antes de que el anciano dijera en un imperfecto francés (que en aquella sala repleta de mercancías iluminadas aún con lamparilla de aceite sonó como una frase de Diderot):

«*Tenez, tenez... et sauvez-vous. Je renie les ouvrages de cette terre. Elle est finie. Elle rentre dans l'histoire. Moi aussi je suis fini. Le ciel tombe sur nos têtes. Partez, partez; retournez chez vous, s'il y a un chez vous, si vous avez la chance d'avoir un chez vous, je vous en prie*», tras lo cual tu padre salió, o escapó, con la vasija apretada contra el pecho, como Caín con la quijada de asno. «Llévesela y sálvese. Abomino de esta tierra y de sus obras. Ha entrado en la historia y se ha condenado. También yo me he condenado. El cielo se derrumba sobre nosotros. Regrese a su hogar, si es que lo tiene, si por fortuna tiene un hogar, hágame el favor», se repite el diplomático una y otra vez.

Luego, en el hotel, pasa toda la noche absorto, ido, enajenado, adivinando apenas en la oscuridad las remotas inscripciones. Trata de recordar qué suceso olvidado le ata a esta vasija de sacrificios y a sus enigmáticos ideogramas, hasta que el sol ilumina el espejo de la cómoda y un camarero le tiende una notificación según la cual el Ministerio de Exteriores le reclama en Madrid con toda urgencia.

12

Viento que azota aquí y también allí, menea a veces con mesura, pero otras veces asfixia. Viento del este, seguramente hermano del noroeste por circunvalación planetaria. Mi propio noroeste con partículas de polvo amarillo, sombras, quizás, de alguna palabra lanzada al viento en Shangai, ayer, anteayer, o en este mismo día de hoy cargado de estampas que se agitan en mi cabeza.

Estampas de tu perfección y de la perfección específica de tu madre y de tu padre tras el regreso precipitado del año 1934, providencial regreso auspiciado por una nueva combinación ministerial tras el triunfo de la CEDA. Perfección, también, de tu madre, educadamente concisa tras desempaquetar la vasija de ofrendas Fang-i, pero entusiasmada, exuberante, loca al abrir cajas, baúles de bien plegada seda verde, azafrán, azul ciruela, celadón, bordada, lisa, estampada, verdadero y tangible sueño del Oriente accesible a su imaginación cinematográfica, el para ella único Oriente admisible y real, la preciosa y nada burra navarra de fuerte pierna que durante tan largos y tristes meses no ha tenido consuelo, se ha desolado, y ahora estruja su cuerpo contra el pecho de tu padre, manteniendo, sin embargo, una esquina de seda episcopal apretada en el puñito pálido de crispación.

Sin consuelo, en efecto, a pesar del abogado Aurelio Arrarás, persona ya de mucha influencia, de gran relevancia, conspirador ojiverde habituado al roce de los saurios castrenses, financieros, eclesiásticos, camorristas, la vejiga de la CEDA, el líquido amniótico de presidiarios y navajeros que mantiene lustroso el bolsillo de los magnates hispanos. Abogadillo de mucho peso ahora, apenas transcurrido un año tras el infame triunfo de las derechas en unas elecciones podridas en las que él, caimán de pómulos cerúleos, entusiasta del por entonces llamado «movimiento alemán», con dedos quebradizos aunque peludos, saluda cortésmente a las mujeres («las damas»), y se muestra hosco e imperturbable con los camareros («la chusma»), retorcido galán y patriota.

Obsequioso con Carmen de gemela cuna navarra y parientes en anudada madeja de sangre labriega, algo terratenientes, de Tudela, ciertamente, gente con el cerebro forrado de pólvora. «¿Cómo está el tío Ramón, Menchu; y de la tía Blanca, hay noticias suyas?», inclinado sobre el potente pecho de la navarra durante la ausencia del considerable diplomático extraviado en la China. «Le traerá, sin duda, naranjas, ¿no cree, Carmencita?», una frase incomprensible para Carmen.

«¿Naranjas? ¿Y por qué naranjas, Aurelio?», pero incombustible, el abogadillo, gallardo y altanero:

«¡Momentos éstos para irse a la China! ¡Aquí es donde hay que dar la cara! Dígaselo de mi parte, Carmen», recio, flamenco, torero.

«Dígaselo usted mismo; llegó ayer de Madrid, hoy está en Bilbao, y la semana próxima vendrá de visita» con los baúles repletos de bien plegada seda y el paquete con la vasija de ofrendas Fang-i.

«A buen seguro que se lo diré, Carmen; necesitamos a los mejores elementos y Luis es un hombre cabal.»

«¿Quiénes dice usted que le necesitan?»

«Nosotros, quiero decir, los españoles.»

«¿Los españoles necesitan a Luis?»

«No todos los españoles, sólo los buenos españoles, no se burle de mí, Carmen, se lo ruego.»

«Pero es que no entiendo nada de lo que dice, es usted demasiado grandioso.»

Y sin embargo fueron vistos con frecuencia, no sólo en la Hípica, no sólo en el Paseo de la Concha, no sólo en la misa del Buen Pastor, no sólo en el Kursaal y en el Negresco y en el Náutico, no sólo un día de temporal atascados por el aguacero, retenidas las faldas contra las piernas con ambas manos (¡gesto helénico!) tu madre, mientras Aurelio lucha con un paraguas reventado, corriendo luego brazo con brazo a refugiarse bajo las arcadas de la plaza de la Constitución para escapar del viento, el poderoso viento que nunca cesa. El viento eterno que azotó a nuestro padre Adán y a nuestra madre Eva, perdida el habla de los animales.

13

Pero sin duda soy injusto y rencoroso, viejo destruido por la usura, ya ni siquiera hombre, injusto que estoy siendo con Aurelio Arrarás, al fin y al cabo falangista en un lugar que sólo daba de sí camadas prehistóricas de carlistas atornillados a arcaico cráneo, almas de azadón, hotentotes, verracos de sacristía criados sólo en vasconia, navarra y levante. Falangista, al menos, era Aurelio, es decir, motorizado y enemigo del buey, incluso bolchevique a su manera. Y ¿no iba a ser Aurelio Arrarás quien consiguiera el salvoconducto, meses más tarde, para que tu buen padre, el vasco derrotado, salvara su notable pellejo? Sin duda el tiempo ha hecho de mí un montón de carne amarga, sin fruto. Al fin y al cabo Aurelio Arrarás no daba un duro por su vida, en aquella época. Se la jugaba al naipe.

Así debió de ser porque dos años más tarde, el 18 de julio de 1936, cuando la tolvanera africana comenzó su devastadora tarea, Aurelio ya conspiraba con los del cuartel de Loyola y acudía a las reuniones del Buen Pastor para esconder las armas, y repartía órdenes con decidido ánimo (matar a un par de elementos de la CNT para que aguante la huelga de Pasajes) y las ideas claras (necesitamos ese puerto y tanto mejor si está paralizado), una concepción de la política decididamente moderna, en tanto que tu padre, pálido y desconcertado veraneante, eterno veraneante con un pie en Madrid y otro en San Sebastián, mirando a la bahía durante el paseo, con gesto abatido comenta a tu madre:

«No sabemos de qué parte caerá el partido (el suyo, el Partido Nacionalista Vasco), si de los africanos o de la República (dudaba), ha dicho Ajuriaguerra que deberíamos declararnos neutrales y le apoyan dos Burukides... ¡Neutrales! ¡Me parece inconcebible! Aunque yo creo que acabará por imponerse el sentido común. Si vencen los fascistas, desaparecerá Euskadi, pero si vence la República, desapareceremos nosotros.»

¿Quiénes somos nosotros, se preguntaría tu buena madre, los vascos, los ricos, los católicos, los jóvenes, los distinguidos?

«Son fuerzas sin control, estallidos irracionales que actúan en substitución vicaria de la Naturaleza, como los cataclismos. Las catástrofes controlan, en China, la demografía. De no ser por las inundaciones y los terremotos, el crecimiento de la población agotaría los recursos y no les quedaría otro remedio que devorarse los unos a los otros. Son leyes naturales, perfectamente reguladas», repite un tanto mecánicamente tu padre. «Algo similar está sucediendo en España. También los recursos espirituales tienen su economía. Los nuestros, siempre precarios, se han agotado, de manera que ahora los hombres van a devorarse unos a otros, un espíritu contra otro espíritu, una Naturaleza contra otra Naturaleza, quizás Dios contra la Naturaleza.»

Pero la hermosa navarra carece de recursos para que tan sensatas palabras anclen en su imaginación. ¿No es ella mujer de necesidades que sólo pueden satisfacerse de inmediato, pues, de no ser así, las olvida y aparecen otras nuevas necesidades todavía más urgentemente inmediatas?

«¿Sabes que mañana comienza un ciclo de la Paramount en Pamplona? Van a dar *Tres lanceros bengalíes*. ¿Te parece que vayamos? Aviso a mis tíos y nos preparan un par de habitaciones, ¿te parece?»

Luis asiente con la cabeza y sonríe. Carmen lleva un pañuelo de shantung, resplandor azafranado de Asia, manufacturado, por desdicha, en Manchester. «¿Pero a ella qué más le da?», cavila el positivo diplomático nacionalista, ya resuelto a ver *Tres lanceros bengalíes*.

«Seguro que reconoces los paisajes», remata la navarra.

CAPITULO II

14

No podría nunca, tu padre, ir al cine en Pamplona, nunca ver los *Tres lanceros bengalíes,* nunca ya tendría ocasión de regresar a Pamplona y pisar aquella gélida sobriedad, la granítica capital de un pueblo embriagado con la sangre del corazón de Jesús, intoxicado de víscera redentora. Quedaría, tu padre, excluido del híbrido de erial aragonés y despeñadero vasco que es la noble entidad llamada Navarra, en cuanto los batallones de requetés, con los bolsillos rebosantes de estampas y fotografías de sus curas párrocos, con las cantimploras repletas de aguardiente de arañones, invadieran Guipúzcoa aquel agosto, y sus alaridos rebotaran de valle en valle dejando, de puro terror, secas de leche a las vacas y los campos desiertos (aquí una azada, allí la yunta de bueyes mirando de soslayo, temblándoles las carnes, más allá la cuna vacía y el hogar humeante, pero ni un alma, sólo alpargatas roídas a la carrera, entre los matorrales), y también, en un cruce de caminos, al pie de alguna cruz o entre pinos sin aguja, cadáveres mutilados de aquellos que fueron sorprendidos por la ebria jauría, como ese cojo de Lecumberri cuya pata de palo aparecía hincada en su boca con una imagen de la virgen de Covadonga a modo de remate.

Y cada asesinato era como una nube de polvo levantada por un puñetazo, polvo de crónicas y sucedidos, nubes del relato que volarían de caserío en caserío, como terco cierzo, cubriendo de escarcha las conciencias, «Eran doce en la partida, guiados por el cura Maisonave; juntaron a los cinco que se habían quedado en el pueblo, dos viejos, un niño, un hombre con zaratanes y una mujer que iba a parir; les dieron de tiros a todos, pero el cura mandó abrir a la preñada, con la bayoneta, para bautizar al crío, lo que hizo sosteniéndole por un pie». Esto se vuelve a contar, pues ya se había contado en las dos guerras anteriores con distintos protagonistas y sutiles variantes sobre el cordón umbilical, cortado de un mordisco por Maisonave, todo perfectamente cierto, en algún lugar, alguna vez, obra clásica de la hispanidad, inconfundible por su exactitud, marca de fábrica.

15

Tuvo que oírlo tu buen padre, en la sede donostiarra de su partido nacionalista, proferido por el mismísimo Arteche: «¡Nos ha invadido la bestia navarra!», con la consiguiente consternación y las muy mesuradas palabras del padre Etxevarria, mano en alto.

«¡Calla Txomin, que también ellos son vascos, e hijos de Euskal Herria!» A lo que Txomin replica, agrio: «Hijos de puta, eso es lo que son», tirando la chapela al suelo cubierto de vino y serrín. Pero tu padre nada dijo, sólo comprendió que ya no volvería a ver nunca jamás la casa de los padres de Carmen, sólo eso.

Impedido de acudir a Pamplona con el fin de ver lanceros bengalíes, e impedido de cualquier otro desplazamiento porque el rastro de sangre de los requetés no se detuvo hasta Irún, asaltada por energúmenos que danzaban la jota sobre una población de hinojos en las céntricas calles, disparando al aire sus fusiles y cantando loas marianas mientras los sacerdotes arrastraban por los cabellos a media docena de putas que se habían refugiado en el convento de las Oblatas.

Así quedó cerrada la frontera de Francia, y la escasa pero refitolera capital de Guipúzcoa se convirtió en una isla. Momentáneamente, porque el trece de septiembre los secuaces vascos y nacionalistas de tu padre se rindieron asqueados de tanta carnicería, sus revólveres con todos los cartuchos bien puestos, sus fusiles primorosamente engrasados, sus soldados vascos y nacionalistas recién peinados, se rindieron, asqueados. Catorce batallones del coronel Villaria no acertaron a disparar ni un tiro.

Aunque más les valía rendirse porque cuando luchaban con aquellos uniformes rojos, azules y amarillos, les acertaba un ciego, a los gudaris, un ciego les acertaba, se rindieron temblando de los pies a la cabeza pero más les valía temblar porque el jefe del Estado Mayor vasco, Angel Lamas, era un espía de Franco, un espía que había mantenido contactos con treinta y siete mandos fascistas. Una verdadera chapuza, el ejército vasco y nacionalista. Aunque no mucho peor que el republicano y español.

16

Pero de nuevo veo en mí amanecer el rencor pues ¿qué cosa más natural para aquellos muchachos vestidos de verde, azul y amarillo que desentenderse de una guerra que no era la suya y regresar con sus bueyes, sus arados y sus madres, un poco todo lo mismo, madres como bueyes, bueyes como madres, a levantar piedras y jugar al frontón a mano abierta? ¿Alguna vez fueron considerados por sus propios caudillos como algo más que un reducto de pintoresca zoología? ¿Algo más que la necesaria decoración zoológica que exige una nación de industriales, financieros y eclesiásticos? Pues así reaccionaron, con nostalgia bovina, con la querencia natural del pesebre. Sólo que nunca volvieron al pesebre.

17

¿Fue en esos días, en alguno de aquellos ciento cincuenta días de esperar un cambio en la situación, un contraataque, una reconquista, un milagro, cuando tu padre se convenció de que estaba irremisiblemente perdido, atrapado en una isla habitada por concursantes de hípica y degustadores de marisco fresco, y tomando a Carmen por los hombros, sacudiéndola para tratar, desesperadamente, de despertarla, le dijo que debía huir, él, el diplomático, a Francia, si quería salvar la vida, y que ella le siguiera, «pues ésta es una victoria de la barbarie y no puede ser duradera; pronto las democracias europeas verán cuán peligroso es dar otra base de operaciones a Hitler y acudirán en apoyo de la República; esto es cosa de meses. Cruza conmigo a Francia, Carmen, y casémonos, si quieres, en San Juan de Luz. Allí voy a organizar un grupo de apoyo, mientras aguante Bilbao y podamos recibir dinero de mi familia. Armaremos un núcleo de resistencia, tanto ejecutiva como diplomática, y hostigaremos a los fascistas con todos los recursos a mi alcance, ¿eh?, ¿qué dices?», negándose a creer, tu buen padre, que Inglaterra, Francia y los Estados Unidos estaban aliviadísimos de cómo iban las cosas e impedirían toda actividad nociva contra los fascistas en territorio europeo, aunque no era eso lo que angustiaba a tu futura madre, sino algo infinitamente más trivial, a saber, «¿Y cómo vas a llegar a Francia si no es con documentación falsa, y, entonces, cómo van a enviarte dinero desde Bilbao si no puedes acreditarte en alguna institución bancaria, y cómo vas a organizar la resistencia si no tienes dinero?», cavilaciones muy ingenuas, es cierto, pero perentorias, en esos días, en alguno de los ciento cincuenta días?

18

El huracán que entonces les empujaba y les sacaba de quicio, y a veces les separaba y a veces les reunía y les volvía a reunir, como las hojas de un diario arremolinadas por el viento en una esquina urbana, lo interpretaban ellos como una gran fuerza interior, una auténtica pasión, de manera que cuando tu padre, tu futura madre y el abogado Aurelio Arrarás se sentaban a una de las mesas del Ganbay no sufrían crispación alguna sino, muy al contrario, una gran excitación pues sabían que en breve tiempo, quizás unos pocos días, iban a separarse (¿quiénes?, ésta era la cuestión) para siempre.

El abogado Aurelio Arrarás, que había logrado salir indemne de la insurrección y no sólo no había pasado por la cárcel de Ondarreta sino que ni siquiera le invitaron al Cuarto Amarillo de Gobierno Civil, siendo así que todo San Sebastián sabía que era uno de los cabecillas de la conspiración, estaba ahora, tras la rendición de la Perla del Cantábrico, en perpetua disposición de ofrecerle a tu padre, a Luis, el derrotado, un pase de frontera, dos pases de frontera, nuevas vidas, nombres nuevos, lo que fuera, con tal de que tu buen padre desapareciera de la ciudad.

«Puedo, también, no hay ni que decirlo, encargarme de las transacciones de dinero que puedas necesitar en Francia, pues dinero va a hacerte falta. Pero deja que te diga que aún estás a tiempo de evitar un error mayúsculo: si te unes a nosotros, yo testificaré que eres falangista desde el mes de enero y que nos ayudabas en tu condición de infiltrado en el Partido Nacionalista Vasco. No haremos de ti un traidor, puedes creerme, porque sé que nada tienes que ver con la chusma que gobierna en Madrid, y tu partido ya no existe; sabes muy bien que Bilbao caerá como San Sebastián, sin disparar un tiro, porque allí la gente está con nosotros; reflexiona, Luis.»

Tu madre, la que desde hace meses insiste en estos encuentros para que Luis pueda comer algo con seguridad, asiente con la cabeza, tu madre, que le ha explicado al abogado la situación de Luis, oculto en una caseta de baño adonde le lleva consuelo casi cada noche, tu madre, que ha disfrazado al diplomático con una sotana y un tejo, único modo de justificar la barba sin afeitar, la falta de aseo, los ojos enrojecidos, el rictus de hastío, la patibularia máscara de Luis, tu madre asiente con la cabeza e incluso se permite añadir: «Es cierto, cariño, ¿qué vas a hacer en Francia?, quédate aquí, conmigo; ya no existe la nación vasca, se acabó.

Ni los rojos os quieren, ni los sublevados os van a dejar vivir, hay que ser útil allí donde se puede», ante la perplejidad de tu futuro padre que nunca hasta hoy la había oído hablar, que nunca, en realidad, la había escuchado, atento como estaba al candor de la piel y al brillo cristalino de los ojos pardos, «Seguir luchando cuando ya no hay esperanza me parece a mí una especie de castigo que se imponen los derrotados para purgar la vergüenza. No quiero yo verte así, verte sufrir para simular que sigues en la guerra; eso no produce sino compasión, Luis. Quédate conmigo y aprende a vivir en las nuevas circunstancias. Siempre has tenido suerte y estás malcriado por tu casa y por el mundo diplomático que es mero pundonor, ahora te pido que seas un hombre».

¡Un hombre! Porque, es cierto, durante esos terribles días, tu noble padre sólo ha hablado de Francia, nunca, en ninguna ocasión, ha pensado en unirse a los restos nacionalistas que aún subsisten en Bilbao. No quiere ir a la guerra, tu padre; quiere hacer la guerra por su cuenta y desde Francia. ¿Pero no es, acaso, lo que haría su partido en pleno, si pudiera? ¿Irse a Francia? ¿Continuar la guerra por su cuenta? ¿Acabar con la pesadilla de saberse confundidos con la harapienta guerrilla atea y bolchevique que gobierna en Madrid? ¿Ellos, los campeones de hípica, los comulgantes, arrastrados por la marea grasienta, cubierta de hollín, rebozada en sangre? ¿Qué iban a pensar de ellos los ingleses?

19

Sí, les veo a los tres ante sus tazas ya frías y una bandeja con pastas secas que nadie ha tocado, pero sosegados y escrutándose con desconfianza los hombres. El uno, tu padre, de más substancia corporal, ancho, algo grueso; enteco el otro, fino y afilado.

«Piénsalo, Luis, ya ves que Carmen lleva razón, no tenemos más allá de dos días. Si aceptas mi proposición, mañana mismo hablaré con el general para poner las cosas en su sitio. Pero si te empecinas en una locura no voy a abandonarte, no vayas a creer ni una palabra de las atrocidades que se nos atribuyen. Yo te consigo un salvoconducto en veinticuatro horas, tú decides.»

Tu padre, quizás avergonzado y humillado por el grotesco disfraz de cura trabuquero, anonadado por tener que recurrir al enemigo y al traidor, el cual, además, sin duda, crece vertiginosamente a los ojos de Carmen como su salvador en ambos casos, haga lo que haga, se vaya o se quede, decide que ese hombre astuto no le ha dejado alternativa y al hacer su propuesta en esos términos le conmina a elegir el exilio, le expulsa, pues ¿cómo va a conservar el respeto de Carmen si acepta unirse a los sublevados?

Con toda humildad, pues no está en condiciones de amenazar y ya no le quedan fuerzas para odiar, «No insistas, no sigas insistiendo, mi decisión está ya tomada. Te agradeceré que me ayudes a pasar a Francia, nunca lo olvidaré, estáte seguro. Ya sabes cómo quiero a Carmen y te la confío, *les jeux sont faits*. Cuando tengas el salvoconducto, me lo dices. Entiendo tus razones, pero aún no he perdido la esperanza; estoy persuadido de que recibiremos ayuda internacional y la guerra concluirá en breve plazo a nuestro favor. Entonces quizás pueda demostrarte mi agradecimiento; pero aunque no fuera así, no sabría yo luchar por una causa que, a mi entender, y no te ofendas, es un regreso a todo el rencor acumulado por siglos en este horrendo país. Prefiero morir en Francia que colaborar aquí en una matanza que me asquea», dice con los ojos bajos mientras cubre con su gran mano peluda la casi infantil de Carmen, disgustadísima.

20

Ya es casi de noche y pronto aparecerán las peligrosas patrullas, así que el abogado Aurelio Arrarás, con aire contrito pero íntima satisfacción, aconseja salir cuanto antes, pero aprovecha la circunstancia para informar a tu padre de que Inglaterra ha prohibido a los buques republicanos el uso de los puertos de Gibraltar y Tánger, de manera que el mar es, ahora, de los sublevados, «Así es como te ayudan a ganar la guerra las democracias europeas, amigo mío», y luego les acompaña un trecho, simulando ser él, el abogado Arrarás, la pareja de Carmen, a quien toma del brazo;

simulando ser él, el abogado Arrarás (y ella) la pareja escoltada por un cura (tu noble padre) posiblemente el oficiante de una próxima boda.

Todo muy sórdido, desde luego, así es la despedida. Más tarde, en plena noche, tu padre cavila encerrado en la caseta de baño, último rincón donde puede esconderse, como un perro, tras negarse a embarcar el pasado trece de septiembre, cuando el bou *Euskal Herria* fondeó en La Concha con orden de evacuar la ciudad condenada. Se negó, tu padre, entonces, a escapar y a considerarse condenado, pero ahora, cinco meses más tarde, a punto de concluir el mortal invierno de 1937, ya no puede más.

21

La noche es así, yo la conozco bien porque el cuerpo de un viejo triturado por las muelas del tiempo tiene el alma como un apéndice inútil y le da vueltas a su inutilidad casi todas las noches. El fin de mi tiempo, o más bien, que el tiempo se ha apoderado de mi cuerpo, ha chupado toda la substancia, y ahora va a escupirlo como un hueso de cereza, eso es lo incomprensible. El viento que azota mi cabeza, sin embargo, no tiene tiempo, es el mismo viento que azota la caseta de baño donde tu padre, el anteriormente futuro ministro de Exteriores en un gobierno completa, total y definitivamente vasco sueña como un niño al borde del abismo.

Hay cierta justicia poética en ese último refugio de tu padre, la caseta de baños que acusa con su dedo despintado el veraneo interrumpido por la sublevación militar, el brusco abandono de los juguetes veraniegos que todavía nadie ha recogido y ordenado para el próximo verano. Desconsolado, tu padre, el afortunado poseedor no sólo de bienes sino incluso de principios, adorno final de una educación excelente, pues él era la perfección, y la perfección le inducía a imaginar un recurso contra la derrota. Volver a empezar, desde Francia, la reconquista de Euskadi, pero esta vez a solas, con un poco de dinero y mucha decisión (no: con mucho dinero y un poco de decisión) y coraje y principios éticos.

«Jamás doblar la rodilla ante los vencedores. Aun cuando ellos crean poseer, dominar, someter esta tierra, no será suya mientras alguien (yo) se niegue a doblar la rodilla. Muchos se desolarán encerrados en sus casas y caseríos, como (yo) en esta caseta de baños, incapaces de hacer otra cosa que lamentarse y ganar el pan de cada día. Pero muchos también seguiremos luchando, aunque sea de uno en uno», se dice tu padre como consuelo y casi logra dormir, o de seguro se duerme, hasta oír los golpes de Carmen sobre los tablones de pino pintados de añil, unos, y blancos, los otros.

«¡Deprisa, Luis, por favor, que soy yo, ábreme! Has

de escapar hoy mismo: han cambiado al gobernador y están asesinando a todos los que encuentran. Vaya, a todos los que quedan...», y a la luz malva orlada de oro, refrescada por un noreste que no ha dejado de soplar en toda la noche, encuentra Luis a la bella navarra, toda ella reluciente, pasmosa, cerrando la chaqueta de punto con ambas manos, las rodillas juntas, las piernas ligeramente flexionadas, aterida de frío pero con los labios recién pintados, de una frescura exasperante en aquella playa desierta, en el amanecer azotado por el noroeste, la playa sin hollar, arena fina que el viento arroja contra sus ojos, sus pasmados ojos.

Allí mismo la abraza desesperado y caen sobre la arena tu padre, el ya no representante de nada, y tu madre. Sube las faldas a tu futura madre, vuela la arena entre las piernas, por ligas y medias, desata tu futuro padre con furia el cinturón y allí, mientras el sol asciende con exquisita discreción e incluso algo de retraso, allí la toma con vigor, cinco o seis veces, es imposible de saber, y sólo cuando regresan los dos a la conciencia, a su desordenado estado, sólo entonces siente Luis en la mano el papel que Carmen ha estado apretando en la suya durante todo el acto, o los sucesivos actos, arrugado folio con sellos y tampones que garantiza su paso por el puente de Hendaya, así que piensa en un relámpago de calor rojo: «¿Cuándo, en qué momento ha podido, esta mujer, conseguir el salvoconducto, una noche, la noche entera, para que el abogado Arrarás trafique aquí y allá, con su gobernador militar, su director general de policía, y ella toda la noche?», pero es un breve corte en el tiempo, rojo, cegador, sí, mas breve corte. Ahora debe salir huyendo y ya el sol considera que ha concedido todo lo que podía y se alza para alcanzar la hora que le corresponde, y casi ni siquiera reconoce él mismo su último pensamiento: «¿O será que tienen prisa por verme lejos?», pensamiento que ni él mismo piensa.

22

Es hora de huir, Luis, no puedes titubear ahora. Tiempo tendrás para cavilar más tarde. Pero se detiene, tu padre, el corpulento, ya sin sotana, en mangas de camisa, con el pantalón sujeto mediante una corbata, la fatídica corbata que tantas vidas ha costado a los burgueses de Barcelona, sujeto el pantalón con la corbata se detiene y grita que sí, que va a escapar, pero no con las manos vacías. ¿Con qué entonces? Mira a su alrededor como buscando algo, mira a Carmen con ojos de enajenado y grita de tal manera que algunos trabajadores ocupados en el desescombro de un garaje de la calle Nueva, abandonan su faena para mirar a la pareja que camina a trompicones y al demente que grita, «¡No con las manos vacías! ¡No como un muerto de hambre!», y desvía su rumbo, el vasco, tirando de Carmen, que se resiste como un niño malcriado, le agarra de la camisa hasta detenerle. Pero él la toma por los hombros (gesto habitual, mecánico), la mira inclinándose. «¡No como un mendigo, Carmen, no como un mendigo! ¡Voy a buscar lo único que me queda de valor!», le dice a Carmen, espantada por la idea de regresar ahora a la casa de Luis.

«¡Ya te lo traigo yo, lo que quieras, pero por Dios, no vayas tú!» Es inútil. El ya no diplomático se encuentra más allá de la prudencia y a zancadas que Carmen apenas puede seguir va hacia su casa, hasta el piso de la calle Andía, dando un rodeo loco en esa hora temprana, hora de patrullas, hora en que alguna columna de humo se levanta apenas un metro y es borrada por el noroeste como una cerilla. Hasta su casa para envolver con unos periódicos (Carmen solloza y vigila el umbral de la finca) la vasija de ofrendas Fang-i, el engendro envuelto como un recién nacido, y de nuevo en la calle esta vez sí se deja conducir mansamente hasta el automóvil del abogado cruzando calles desiertas, plazas con sonoros fondos de taconazo, detenido sólo por un instante, perplejo, al ver por vez primera la bandera rojo y gualda ondear en la iglesia de Santa María, «Pero ¿qué hace eso ahí?» dice casi sin comprender lo que está viendo, y ya se encuentra sentado en el automóvil del abogado Arrarás que arranca de inmediato al tiempo que exclama: «¿Qué es eso que traes, desgraciado? ¿No será una bomba?»

Ahora (han pasado tantos años...) lo comprendo. ¿No es suficiente huir que encima haya que hacerlo con las manos en los bolsillos? Las más humildes familias, cuando escaparon de la masacre que el general Franco aplicaba con el asesoramiento de filósofos alemanes, cuando escaparon de la masacre que de un modo azaroso, perfectamente caótico, aplicaban comunistas y anarquistas asesorados por filósofos alemanes, algo llevaron consigo, a veces grotesco, a veces conmovedor. Familias que a lo largo de tres años escaparon de un lado a otro. Católicos que huían de Barcelona, republicanos que escapaban de Granada, cientos de miles huyendo y escapando de Valencia, de Santander, de Sevilla, de Burgos, los que podían, y todos, sin excepción, con algo en las manos, como si se agarraran a un testigo de la vida abandonada, dejada atrás, pasada. En ocasiones un álbum de cromos, en ocasiones una cacerola, en ocasiones el reloj de la cómoda o unos zapatos atados al cuello, algo que representaba, por fin, mucho más que su precio. Fugitivos de Córdoba a Madrid. De Bilbao a Pamplona. De Gerona a San Sebastián. De León a Barcelona. Cientos de miles de fugitivos, cada cual con su cosa entre los brazos. Un retrato, la guadaña, el costurero, un cestillo con higos secos. Toda España un cruce de fugitivos aterrorizados, huyendo del asesinato e incorporándose, en cuanto llegaban a cualquier lugar, a la primera brigada de asesinos que encontraban. Pero eso sí, todos agarrados a algo y tu padre también, en el puente de Hendaya, sobre un Bidasoa rizado por el fuerte viento, agarrado a su atadijo y el salvoconducto en la boca, hasta las casetas de la aduana y sus larguísimas colas.

Gallardos centinelas de uniforme verde oliva sorben un carajillo de mediodía (ni mirarlo, a tu padre, a través de la ventanilla) y ríen con la reconfortante jovialidad de los trabajadores antes de comenzar la tarea, pues la tarea no había comenzado ni comenzaría hasta media tarde (es habitual entre aduaneros), así que Luis no tuvo que mostrar el salvoconducto asomado entre los dientes, porque ni le vieron pasar ni les importaba un comino.

¿Y los franceses, los carabineros franceses alarmados por el bulto que se les viene encima en brazos de un desharrapado; los franceses que montan sus fusiles y rodean a Luis como perros, escamados por la reputación de aquellos nihilistas rusos que se lanzaban contra patronos y autoridades eclesiásticas con una bomba enfajada al cuerpo? Franceses alarmados hasta tal punto espantados que le ponen de rodillas, a Luis, tu padre, el corpulento, y rueda por el suelo la vasija de ofrendas Fang-i, figura premonitoria, pero es su sonoro gong de bronce contra el adoquín lo que desata la ira francesa, en tanto que, desde el otro extremo del puente Carmen, tu madre, todo lo va siguiendo con los binoculares del abogado Arrarás.

Culatazos sobre el cuerpo caído y, un poco más allá, el labrado vientre cubierto de ideogramas de la vasija Fang-i, figura premonitoria. Lágrimas resbalan bajo el arco de los binoculares, en la mañana de la separación. Brazo protector del abogado Arrarás que envuelve a tu madre y le propina tiernos apretones. Hasta que los franceses dejan pasar a tu padre, el noble, el golpeado, entre carcajadas, con, según el caporal, su orinal.

CAPITULO III

23

El había visto las primeras bombas, tu padre, desprenderse del vientre de un aeroplano y caer con la inocencia de un pichón abatido; caer tan lentas que podía uno preguntarse ¿serán bombas?, aunque ya me dirás tú qué otra cosa podían ser sino bombas, sobre la calle Easo. La primera bomba aérea que tu padre vio caer, poco instructiva pero curiosa, no estalló sino que fue a dar contra un balcón y tras arrancarlo de cuajo aplastó a un mecánico que miraba hacia el cielo con la boca abierta y aspecto de ir a tragarse el artefacto explosivo. Aquella primera experiencia de la guerra aérea, ¿determinó la voluntad de tu padre, el vasco, de modo que ya no concebía más resistencia posible contra los Nacionales que la de un bombardeo aéreo? ¿Fue ésta la causa primera de su desesperada búsqueda de un aeroplano, en Biarritz, con el cual atacar a las fuerzas de ocupación que habían tomado *su* San Sebastián, olvidándose de que habían tomado muchas cosas más? Sí, un avión, un ataque personal firmado por Luis Larrazábal.

Caminaba tu padre, el corpulento aunque ya algo disminuido, por las calles de Biarritz buscando contactos, informes, amigos, camaradas, que le pudieran proporcionar el soñado bombardero, con el propósito de atacar a las fuerzas fascistas acomodadas en San Sebastián, «Es la guerra moderna, la guerra mecanizada, y serán los ingenieros quienes ganen la guerra; ya no cuentan los hombres, ni el valor, ni la moral de las tropas ni la altura y grandeza de las ideas, ni la justicia de la historia, nada de ello es decisivo; todo lo dispone la mecánica y la técnica», aseguraba con su cabeza inclinada hacia el pecho ante un pequeño grupo de exiliados, en Biarritz, durante los meses de abril y mayo de 1937, meses crudos, con un Cantábrico desmenuzado y robustos vientos de poniente impregnados del aroma seco, correoso de la ciudad tomada, San Sebastián, ciudad ahora de legumbre, bota y ejecución sumaria.

«Un admirable invento, el aeroplano, que contempla desde la altura lo que ninguna artillería es capaz de ver, y a velocidad vertiginosa escapa tras asestar certeros golpes, el aeroplano, su magnífica estampa», comenta con lengua hinchada tu padre, frente a bebedores de madrugada en bares húmedos de la húmeda Biarritz. Meses que transcurren con agobio mientras van cayendo, una tras otra, las capitales y grandes ciudades, y las poblaciones y los pueblos, y las aldeas y los villorrios, implacablemente, en manos de los sublevados. «Su fino fuselaje acomodado a la resistencia del aire, los ingenios de propulsión que lo impelen horizontalmente, figura cargada de futuro, el aeroplano, Apolo de la contienda bélica», repite sin cansancio, día tras día, ante variados contertulios cuyas miradas oscilan entre la perplejidad, el hastío y la exasperación. Olvidado, tu noble padre, de la ciudad tomada, allí donde Carmen, la navarra, se agota en continuos trabajos para que la familia Larrazábal de Bilbao transfiera algo de dinero a Biarritz, para que no dejen en la indigencia al desdichado diplomático. A lo que la familia de Bilbao responde tercamente que haga el favor, Luis, de regresar y ocupar su lugar en donde le corresponde, luchando contra los ejércitos invasores, bajo el manto protector de la Ikurriña.

Contactos de Carmen a través de la línea de fuego, la frontera de escasos kilómetros que separa la Euskadi aún republicana (y por lo tanto Euskadi verdadera), de la ya española provincia de Guipúzcoa. E insiste Carmen en que le dejen vivir, al pobre Luis, que está enfermo, que sólo pide lo que le corresponde de su patrimonio, información que obtiene del abogado Arrarás, de los espías que el abogado Arrarás y sus camaradas del gobierno militar han dispuesto en Biarritz y que vienen a salir a espía por exiliado, siendo los propios espías, a su vez, exiliados, y viceversa. Comunicaciones con Bilbao que Carmen mueve a través del abogado Arrarás y de sus camaradas del gobierno militar en Bilbao, miembros de la quinta columna que tomará la ciudad en cuando se dé la orden de asalto. Así pues, encuentros continuados del abogado y la navarra.

«Lo siento tanto, Carmen... No te lo puedo ocultar. Parece ser que ha perdido la cabeza. Anda por Biarritz diciendo que quiere comprar un bombardero. ¿Crees tú prudente enviarle dinero? ¿No sería mejor dejarle agotar, por si así decide regresar con nosotros?», delante de unas tazas de verdadero café y galletas de mantequilla (Butter Cookies) que el abogado dispone en casa de su madre, viuda de Arrarás.

«¡Naturalmente que debemos enviarle dinero, Aurelio! ¿O acaso te imaginas que Luis va a comprarse un avión así como así, como quien compra un pollo?», dice la brava navarra, guardando sin rubor, la guapa y decidida navarra, un puñado de galletas en el bolsillo.

«¡Hombre! No es probable, no. Veo difícil que alguien en Biarritz, ni en toda Francia, disponga de un aparato de guerra en venta. Pero los franceses, por dinero, son capaces de todo. No son como nosotros, los españoles. ¿Y cuánto crees que puede reunir, si su familia acaba por enviárselo?»

Mirada irónica de tu futura madre, ojos castaños con puntos verdes, línea azul sobre el párpado, maquillaje expresamente llegado de Francia gracias a uno de los correos del abogado, un feliz policía con doble empleo de infiltrado y agente del mercado negro; hombre pulcro y eficaz que informa entre otras muchas materias sobre el desdichado diplomático, al tiempo que elige con refinado entusiasmo lo más exquisito de la casa Worth, de la casa Rochas, de la recién llegada casa Warner.

«Calculo yo la fortuna de Luis, sin saberlo pues él nunca me hablaba de dinero, en dos o tres millones de pesetas. Pero la familia no le ha enviado, hasta el momento, más que dieciséis mil. Esos rufianes están utilizando el patriotismo para quedarse con lo que no es suyo.»

De poco les valdrá, sin embargo, pues serán fusilados por las tropas de Franco dentro de poco, aunque, claro, tu madre de esto no puede saber nada; cree ella, todavía, como tanta gente, que las familias financieras de Bilbao van a ser respetadas por los fascistas, como si los fascistas fueran muy diferentes de las familias financieras de Bilbao y no supieran cómo se convierte uno en familia financiera de Bilbao. No se da una guerra todos los días.

«No podrá comprar un avión, sea el que sea, por debajo del medio millón de pesetas, así que no te preocupes. Déjale soñar y avísame cuando desees enviar el próximo paquetito. Yo se lo haré llegar. Quédate todas las galletas, mujer, y no me des las gracias, si algo quieres darme, tú ya sabes lo que yo quiero, Carmencita.» Son palabras de color amarillo.

24

De bar en bar, como un papel arrugado que el viento arrastra a empujones sucesivos, todas las noches, muchas tardes, casi ninguna mañana, todas consumidas, las mañanas, en sueños interrumpidos por espasmos intestinales, visiones en duermevela, zumbido de motores, potentes motores con bujías en estrella y hélices de madera pintadas al fuego, cuyo rateo súbito y su final detención precipitan al piloto en el océano. Luis despierta con los ojos hinchados de pánico y grita un seco juramento antes de recordar dónde se encuentra –en la cama, en la pensión Le Sirocco, a resguardo– y deja que su mirada descanse en la vasija de ofrendas Fang-i que parece protegerle, como un centinela prehistórico envuelto en hojas del diario *ABC*, sobre la cómoda de pino.

De vez en cuando, cada tres o cuatro días, una carta de Carmen aparece en el casillero del hotel, y en su interior, junto con palabras de aliento y algún relumbre erótico, una comunicación de transferencia a la Banque Nationale Populaire por valor de dos o tres mil pesetas. Exigua ayuda que le permite continuar su infatigable ronda, de bar en bar, de restaurante familiar en restaurante familiar, en la esperanza de dar con alguien capaz de guiarle hasta el poseedor de un aparato de combate propicio a venderlo sin abusar, casi nada, y así días y también semanas.

Pero él ignora que por esos mismos meses su partido, el Partido Nacionalista Vasco, está especulando con abandonar a la República, y se aguanta las ganas de que pierdan la guerra los republicanos, que son gente roja y sin Dios, y está tramando una paz por separado, para lo cual ha iniciado conversaciones con los invasores italianos, con las decorativas falanges de Mussolini.

«¡Antes rendirse a los italianos que a los españoles!», grita exaltado el comandante Rezola. «¡Antes poner la Ikurriña en manos romanas y católicas, que en las garras de los musulmanes castellanos!», sin saber, el comandante Rezola, que los italianos, simpático pero letal coro de trovadores, planean crear un nuevo protectorado italiano, planean hacer de Euskadi una Abisinia a las órdenes de emplumados bersaglieri y pigmeos danunzianos. Todo de la más descomunal fantasía, de no ser por el taimado Franco, que deja hacer y va aumentando su lista de futuros fusilamientos, el ladino depredador de gallináceos italianos. Los cuales parlamentan en mayo de 1937, en San Juan de Luz, sin que Luis lo sepa, sin que ninguna persona honrada lo sepa. El parlamento lo conduce un espectral personaje, monseñor Valerio Valery, ente zoológico no parido por mujer, hijo de la ciénaga protocolaria que es la nunciatura de París.

Parlamento de caballeros vascos, aventureros italianos y súcubos de sacristía que acuerdan evacuar Bilbao y rendir la ciudad a los italianos, a cuyo fin se precisan barcos. Catorce embarcaciones, para ser más exactos, que saquen de allí a todos aquellos que con seguridad serán fusilados en cuanto los nacionales les tengan al alcance de la mano. Y eso debe pagarse, debe pagarse en Londres, una cantidad importante.

Se tientan los bolsillos los caballeros vascos, se golpean los costillares, y acuden finalmente a la familia Larrazábal de Bilbao con el fin de poner a prueba el patriotismo de la familia Larrazábal de Bilbao, la cual enfoca pragmáticamente el asunto y tras recibir toda suerte de garantías personales e inmobiliarias de los vascos, de los italianos, del Vaticano y de un agente castellano-morisco, accede a transferir el dinero de Luis a Luis, para que él mismo se encargue de tan sublime financiación con su propio dinero, ya que ellos, los Larrazábal de Bilbao, no quieren que figure un solo documento a su nombre, de manera que ya se entenderán con Luis, y adiós muy buenas, y gora Euskadi, y lo que haga falta.

25

Tu padre, créeme, ajeno estuvo al tráfico de aquella familia y de aquel partido que mercaba a espaldas de un ejército de miserables, futuros esclavos en el Valle de los Caídos, con el único propósito de mantener un apellido consumido por el alcohol y los excesos gástricos en la nómina de Altos Hornos o de cualquier otra banalidad industrial relacionada con el hierro o con el carbón, incluidas las factorías de armamento que no serían dinamitadas para que los fascistas pudieran ponerlas en uso con toda comodidad el mismo día del asalto a Bilbao, para lo que dejaron, incluso, un regente que les indicara dónde estaban las llaves, el urinario, los conmutadores, los aperos de limpieza... Aunque fue del todo inútil porque en cuanto le echó el ojo un oficial carlista le pegó un tiro sin preguntarle ni el nombre.

Así y todo, tu padre fue el puente de la transacción, tan inconsciente como un puente puede serlo del paso de tanquetas sobre su lomo, y aquella mañana del tres de junio de 1937, cuando acudió con el corazón ligero a recibir noticias de tu madre, se encontró con un aviso de transferencia sin remitente, sin explicaciones, sin firma, sin la menor información y por valor de tres millones de pesetas. Incredulidad. Perplejidad. Sudor frío. Mirar de nuevo. Incredulidad. Etcétera.

¿Qué podía pensar él, desorbitados los ojos, cuando sostenía el papel con ambas manos a la altura de la frente, mirándolo al trasluz, por la cara y el envés, cómo iba a suponer que aquél era el precio exigido por los ingleses para poner en Francia a los fugitivos nacionalistas? ¿Pensó, lo más seguro, que se trataba de la transferencia de su patrimonio, reblandecido el corazón de los Larrazábal de Bilbao, y que ahora, por fin, podía darle caza al mercader de bombarderos y emprender, de verdad, su propia guerra contra el ejército sublevado?

Aliviado por primera vez en varios meses, corre a comprobar la veracidad de los datos en la sucursal bancaria del BNP, y escribe sin pausa una entonada misiva para Carmen.

«Amor mío, bien mío, no han sido tan crueles como tú sospechabas los Larrazábal de Bilbao, pues hoy han hecho llegar hasta mí lo que yo más puedo necesitar, ya te lo imaginas, y aún en cantidad más que sobrada. Si bien no acierto a comprender lo que ha pesado sobre su decisión, me inclino a pensar que han entendido, al fin, el alto grado de dignidad que supone un acto de este orden. ¿Cómo no van a jubilar nuestros batallones de gudaris cuando sepan que el enemigo es atacado por la espalda, y con fuego de aviación? ¿Cómo no han comprendido hasta ahora que la nuestra es una guerra perdida en términos económicos y técnicos, pero que puede ser ganada por actos de extrema caballerosidad, de manera que la honra quede a salvo y en pocos meses, cuando el inevitable conflicto europeo estalle, recibamos la admirada ayuda de las democracias, y podamos entonces arremeter contra la barbarie, y darle muerte? Hemos de ser los vascos, y de entre ellos los privilegiados, los alimentados por la masa campesina y obrera, quienes demos ejemplo de generosidad, valor y entrega. Actos individuales, guerrillas montaraces, asedio continuado al fascismo por todos los medios, éstas son las armas que nos quedan. A ello voy a dedicar cuanto poseo. Ya te mantendré al corriente. Mientras tanto, Carmen, vida mía, te estrecho en un abrazo lleno de amor y de esperanza.» Misivas que Luis remite a la dirección pactada con Aurelio Arrarás, de modo que es Aurelio Arrarás el primero en leerlas

26

La noche anterior, tras confirmarse el envío de los tres millones, había partido de San Juan de la Luz rumbo a Biarritz un comisionado del Partido Nacionalista Vasco que debía conducir una parte de la negociación en territorio francés, y con él un documento para Luis Larrazábal en el que se exponían los acuciantes argumentos de la cúpula política del Partido acerca de la evacuación, de los barcos ingleses y de los tres millones, escrito con frase jesuítica y pías invocaciones a la virgen de Santoña.

Pero el comisionado no pudo encontrar en Biarritz a Luis el tres de junio, ni tampoco el día cuatro, y cuando llegó el día cinco, se encontraba el comisionado en estado de peligrosa excitación y grave distorsión de la motilidad, a pesar de lo cual consiguió comunicar a la cúpula del Partido Nacionalista Vasco que don Luis Larrazábal estaba desaparecido de Biarritz y no había dios que diera noticia suya, ya que el propietario de la pensión Le Sirocco afirmaba había sido el último en verle y que le vio salir con lo puesto y un atadijo de papeles que envolvían una especie de puchero del que nunca se separaba, por lo que el propietario suponía que su ausencia iba a ser prolongada. Añadía el comisionado que a este paso los italianos, el Vaticano y los castellano-sarracenos iban a dejar Bilbao como el desierto de Gobi.

Monumental desconcierto en San Juan de Luz, en la sede de los refugiados nacionalistas y vascos con mando, colosal desconcierto en Bilbao («estos Larrazábal envían tres millones como quien tira una miga de pan a la mesa de enfrente», comentario de un alto cargo), pero desconcierto también de alguna entidad en San Sebastián, donde la hermosa navarra alza perfectas cejas con arcos superciliares arquitectónicos y tartamudea delante del abogado Arrarás: «Ya sé que es imposible, pero Luis ha recibido una enorme cantidad de dinero. No entiendo lo que está pasando, Aurelio, tengo miedo.»

A lo que el abogado, con gesto tranquilo y tras picar un Camel sobre la esfera de su reloj de pulsera, responde: «Prepárate, Carmencita; di a tus padres que quieres pasar unos días en casa de la tía Marisa. Nos vamos a Biarritz. Luis sin dinero es imprevisible, pero con dinero es una amenaza nacional.»

CAPITULO IV

27

No todos los vascos, sin embargo, deseaban terminar aquella guerra española (y por lo tanto no vasca) por el conducto de apearse con un saludo cariñoso hacia el resto de la población española y republicana, muertos de risa. Vascos hubo que al poco de comenzada la lucha se acomodaron a ella y descubrieron una existencia más real, hasta entonces malgastada en destripar dos hectáreas de mala tierra empinada sobre cualquier collado, con yuntas de gélidos bueyes blancos en equilibrio perpendicular a la pendiente. Ellos fueron quienes, en coincidencia con lo que tu buen padre opinaba, mantuvieron la combatividad del ejército vasco tras la desaparición del País Vasco (Euskadi), una vez succionado por la trompa del moscardón fascista.

Y cuando ya no pudieron luchar en España, lucharon en Francia, lucharon en Alemania, lucharon en las mugas pirenaicas, lucharon en la propia y desaparecida Euskadi con golpes de mano que exasperaban a las abúlicas fuerzas vencedoras, arrimadas ya al expolio y la molicie característicos de los conquistadores africanos y asiáticos.

Estos vascos de quienes te hablo, descontentos con la insania francesa, acabaron por organizar la mismísima resistencia contra el invasor alemán en la propia Francia, mientras los oficiales del ejército regular francés intercambiaban putas con los oficiales del ejército de ocupación alemán. Y si estos vascos, y otros –como ellos– catalanes, es decir, vascos del Mediterráneo, no liberaron ellos solos toda la Francia ocupada fue porque su rendimiento decaía al crecer el número de kilómetros que los separaba de Cataluña, o de Euskadi (la Cataluña del Cantábrico), de tal manera que los atentados y sabotajes que montaban al sur de Toulouse eran mucho más eficaces y mortíferos que los organizados al norte de Burdeos.

Pero todo esto tendría lugar mucho más tarde. Por el momento, en aquellos días de junio de 1937, obedecían las órdenes de sus superiores a regañadientes, contritos por tener que abandonar sus montes y evacuar posiciones y exiliarse a Francia (en donde se come muy mal) y perderse la fiesta del pueblo, que suele caer por julio o agosto.

Obedecían éstos, los auténticos soldados vascos, las órdenes de estarse quietos y pacíficos, con muy poca gana y en cuanto se les ponía delante una acción puntual, arriesgada y chiflada, acudían a ella como el toro al trapo, de modo que la cúpula del Partido Nacionalista Vasco tenía muchos problemas para convencer a las autoridades francesas de que los gudaris refugiados en Francia eran gente de paz y que una vez instalados en Biarritz o en San Juan de Luz se ocuparían en labores de artesanía y confeccionando cuajadas, que son muy ricas.

De entre los más preclaros hijos de la guerra, heredero de las antiguas e irredentas partidas que no se bajaban del monte ni cuando venían a bajarles sus propios jefes –siempre tras firmar una paz que les hacía polvo, con lo que eran recibidos a trabucazos–, uno de los más eximios es este magnífico M.O. cuyo nombre no debo pronunciar pues vive aún en el momento en que esto escribo para tu conocimiento, recto y canoso hijo de la guerra.

Este gran M.O., nacido en Irún y puesto en movimiento por el incendio mismo de Irún, último regalo de la CNT antes de que los sanguinarios requetés llegaran con sus maletines repletos de instrumental quirúrgico para capar a cuantos se cruzaran a su paso, este magnífico soldado antiguo y clásico que se libró de la ejecución en Larrinaga tras caer prisionero, que sobrevivió al penal de Burgos, que sobrevivió al penal de Santoña, que escapó de allí escondido en las marismas sumergido durante el día y respirando por una caña tres días, sin comer y sumergido, con sus respectivas noches, que logró llegar a Hernani de donde (siempre cercado por la Guardia Civil) huyó hacia el valle de Mena y un mes más tarde llegaba a Oyarzun con catorce kilos de bombas abandonadas por el ejército en retirada que él solo había recogido del campo de batalla, que a bombazos se abrió camino hasta Biriatou sólo para que los criptonazis franceses le internaran en el campo de Gours, del que se evadió para refugiarse en un caserío de Arroche en donde le sorprendió la invasión alemana, lo que le permitió alistarse como voluntario en la lucha contra Alemania, de manera que tras la derrota francesa y el infame armisticio de 1940 ya pudo organizar un núcleo de resistencia con otros vascos de su calibre, con los cuales trató de cruzar las líneas alemanas para llegar hasta Rusia, misión imposible pero gracias a la cual se puso en contacto con unos polacos con quienes montó una guerrilla para actuar en la frontera de Franco, pero en vista del escaso éxito volvió a la resistencia, en Toulouse, en Tarbes, en Lannemezan, dinamitó la fábrica de Barthe-de-Neste, dinamitó la central de Saint-Lary y al final cayó preso en Bagnères de Luchon, fue torturado, pero hartos de su mutismo y mala educación los alemanes acabaron mandándolo a fusilar al Col de Peyresourde, de donde se escapó tirándose barranco abajo para continuar en el maquis hasta 1944, cuando desfiló por Lourdes con la Ikurriña al aire, tratando luego de penetrar por la frontera navarra (a lo que, naturalmente, se opuso la cúpula del Partido Nacionalista Vasco) y seguir hasta Andalucía para agitar a las masas campesinas que por entonces estaban en los huesos y si se agitaban se caían en pedazos, y planear, como alternativa, un desembarco en San Sebastián (a lo que, naturalmente, se opuso la cúpula del Partido Nacionalista Vasco), de modo que, asqueado, se alistó en el regimiento mixto extranjero-marroquí del ejército francés, pudiendo, por fin, enfrentarse con las fuerzas alemanas en La Rochelle y en Verdun y en la cota 40, de una manera, por decirlo así, tan voluntariosa que, tras la caída de Berlín y cuando De Gaulle pasó revista en el aeródromo de Montallivé fue felicitado por el mismísimo general, el cual impuso, inclinándose mucho, la cruz de guerra al coronel de su batallón, quien se la entregó a los vascos, tras besarla con mucha prosopopeya, y de allí pasó el gudari a Bayona, y no se fue a Indochina porque caía demasiado alejado de las fiestas de Tolosa, pero se puso de inmediato a organizar la resistencia contra Franco desde Hendaya, penetrando, al poco, en territorio español (a lo que se opuso, naturalmente, la cúpula del Partido Nacionalista Vasco) y el resto más vale callárselo porque este soldado antiguo y clásico aún vive y podría ser objeto de represalias.

Pues bien, este gudari infatigable, M.O., se encontraba en Biarritz la mañana del tres de junio de 1937, justo al lado de tu padre, Luis Larrazábal, en el preciso momento en que levantaba el documento bancario para mirarlo al trasluz y dejaba escapar un sonoro «¡Rediós, tres millones!», que antes te he evitado para dar mayor fluidez a mi relato.

Sólo unos pocos días permanecería en Francia el antiguo y clásico gudari M.O., bajo, rechoncho, de pelo negro peinado hacia atrás, espesas cejas con disparadas cerdas de blanca punta y una roma nariz nada, pero es que nada, vascongada, antes de regresar al frente de Asturias para recibir instrucciones. Pocos días, pero suficientes.

28

Ya entonces el antiguo y clásico gudari había comenzado a sospechar lo que de elegante timidez y temor al pecado mortal escondía la escasa combatividad de la cúpula nacionalista vasca, pero habituado a recibir órdenes por imperativo de los cromosomas (todos sus ascendientes hasta el cro-magnon, todos habían recibido órdenes), sentía el valeroso gudari una repugnancia comprensible a discutirlas, así que actuaba a ciegas, como un mecanismo de relojería, sin por ello renunciar a la reflexión, la cual le hacía entender cuánta elegante timidez y temor al pecado mortal se escondía tras la escasa combatividad de la cúpula nacionalista vasca. Esto le imprimía, si tú quieres, un movimiento al biés o escorado, una tendencia en diagonal hacia cualquier actividad violenta con la que se tropezara, a la manera del caballo de ajedrez que avanza en recto pero pega unas coces mortales de costado.

Irresistiblemente atraído por tu padre, el corpulento y abatido exiliado que aplastaba a quien le concediera diez minutos con el relato de los progresos de la aviación de combate, intuyó una posibilidad menor, pero no despreciable, en aquel hombre con quien compartía alojamiento en la pensión Le Sirocco y había pensado abordarle, sondearle, husmearle, aquella mañana en la que le siguió, buscando una ocasión de encuentro, con tan buena fortuna que fue a coincidir con el momento en que tu futuro padre levantaba el papel para mirarlo a contraluz, y sufrió la más fuerte impresión de los últimos meses.

«No está mal», comentó el gudari a espaldas de tu robusto padre.

«¿Cómo que no está mal? ¡Está como el archipámpano!», exclamó tu padre sin poder contenerse, en uno de sus escasísimos accesos al lenguaje popular, abanicando con el certificado al clásico y antiguo gudari.

«Pero no sé yo si esto va a dar para la compra de un bombardero», añadió taimado el gudari de cejas radiofónicas.

«Pues, ¿en cuánto puede ponerse un bombardero, si me hace usted el favor? ¿O es que los arman de oro?», replicó irritado tu excelente padre.

Fue entonces cuando M.O. le tomó el brazo, enternecido y admirado de que también las clases acomodadas sufrieran chifladuras plebeyas, y acompañándole hasta la sucursal del BNP pasó a explicarle los problemas con que podía toparse cualquiera que tratara de encontrar a un vendedor de bombarderos, los problemas con que podía toparse si lo encontraba, y los problemas con que inevitablemente se toparía si, una vez resuelto con éxito todo lo anterior, trataba de despegar de cualquier aeródromo francés. Tu padre quedó sumido en una atonía melancólica. ¿Sintió en su pecho el gudari ese movimiento maternal que todos los subordinados, vascos y no vascos, observan hacia sus jefes más incompetentes, bien intencionados, elegantes y cultos?

«El caso es que yo conozco a la única persona –y decir "persona" es ya mucho decir– que puede conseguir un avión en esta zona de Francia, aun cuando ignoro si el aparato que consiga será capaz de volar más de doscientos metros con una carga de explosivos», dijo el gudari como si meditara consigo mismo. «Me quedan unos días antes de regresar al frente; poco es, pero puede intentarse si usted quiere, siempre y cuando nada de todo esto trascienda.»

Abrazó tu padre al desconcertado M.O., que nunca había sido abrazado fuera de las casas de lenocinio, y a quien superaba en dos cabezas, y musitó en su oído aquellas célebres palabras, «No soy yo quien te lo agradece; es la dignidad de nuestra patria, traicionada por unos, aniquilada por otros, la que depende de hombres decididos cuya moral esté por encima de los resultados prácticos. Porque, gudari, la historia sólo enjuicia resultados, que siempre son los mismos, a saber, el aplastamiento de los más débiles, pero la leyenda habla de la heroicidad y la gallardía de los vencidos», y así sucesivamente, hasta que el gudari logró desprenderse y le aconsejó sosiego y menos atención a la leyenda.

«Vaya usted ahora a preparar sus cosas, mientras yo pongo una conferencia, que debemos viajar a Bayona sin pérdida de tiempo.»

«¿A Bayona?»

«A Bayona. Allí es donde se encuentra la única persona capaz de conseguir algo que vuele más de doscientos metros sin ser un pato. Pronto sabremos si vamos a ser bien recibidos.»

29

Esta es la historia de tu nacimiento, tal y como puedo deducirla después de tantos años y sin más fantasía que la imputable a mi vejez y degradamiento, una historia, como ves, en la que los elementos más azarosos conspiraron hacia un final perfecto, es decir, tú. Debías llegar a este mundo como una consecuencia de la más pura necesidad. Y ya comprenderás que, como los vientos locos que se cruzan sin mezclarse, unos hacia el este, otros hacia el oeste, sin que nadie pueda decir qué parte de un viento ha sido arrastrado por el otro en sentido contrario, así también, el mismo día cuatro de junio de 1937 en que tu futura madre y el abogado Arrarás iniciaban viaje a Biarritz para contener a tu exaltado padre, el mismo día cuatro de junio de 1937 en que la cúpula del Partido Nacionalista Vasco recibía noticias alarmantes del agente comisionado a Biarritz para localizar a Luis Larrazábal y sacarle los tres millones, ese mismo día Luis Larrazábal y el clásico y antiguo gudari hacía ya veinticuatro horas que habían tomado el autocar a Bayona, en donde se les perdió la pista, no sin que el discreto pero atento gudari le preguntara muy cortésmente a tu padre, antes de acomodarse en el asiento, si es que acaso llevaba la merienda envuelta en hojas del diario *ABC*.

«En absoluto. Llevo aquí algo que aprecio mucho y de lo que no pienso desprenderme. Lo llevo conmigo siempre que me juego la vida. Podría decirse que es algo religioso, como un amuleto, aunque yo soy agnóstico.»

El rechoncho compañero inclina la cabeza hacia la ventanilla y cavila cuán fácil es jugarse la vida si se viaja con semejante bulto, aunque sea una imagen de la virgen del Pilar, pero ya se sabe cómo son los ricos.

30

Todo el trayecto hasta Bayona lo consumió tu padre en un excelso sueño de vivos tonos azules, cuyos protagonistas eran él mismo, el vasco de abundante melena, y un aeroplano, a veces monoplano, a veces biplano, un aeroplano, por lo tanto, ligeramente desdibujado, pero Pegaso al fin con el que Luis Larrazábal bombardeaba el cuartel de Loyola. ¡Qué visible, tu padre, en la carlinga, agitando la mano hacia Carmen, quien le contempla, lágrimas en los ojos, sonrisa mística, desde la Avenida, y le ve girar en exquisito semicírculo, elevándose sobre las blancas explosiones de la defensa antiaérea que Luis sortea como obstáculos de un concurso hípico, hasta que, más sudado que su onírico caballo, despierta tu padre con una tenaza en el estómago y la visión de una hélice detenida tras un penoso rateo y el aparato (¿biplano?, ¿monoplano?) que cae en picado sobre el mar Cantábrico!

«Oye, ¿tú sabes pilotar?», le pregunta de sopetón al clásico gudari.

«En mi vida he subido en algo más mecánico que un ascensor», responde con templanza.

«¡Dios mío! ¿Y qué vamos a hacer con un avión si no sabemos manejarlo?»

Pero el gudari está lejos de desear el dolor de aquel su semejante e incluso compatriota, por lo que tranquiliza la alarmada conciencia de tu padre con un sentencioso: «Allí donde hay aviones, allí hay pilotos. No llegan, los aviones, caminando.»

31

Este no por lógico menos inútil juicio coincidió en la hora, al día siguiente, con la llegada de tu futura madre a la pensión Le Sirocco donde se oyó decir que era un abuso mortificar a un pobre hospedero con tanta pregunta sobre un hombre, el cual, al fin y al cabo, no era sino uno de entre los muchos que se alojaban, sin demasiados motivos, en la pensión Le Sirocco, y que ella era la tercera persona que preguntaba por el señor Larrazábal en lo que llevaba de día, manifestación que interesó vivamente al abogado Arrarás, quien solicitó del encargado algún dato sobre las restantes dos personas que se habían interesado por tu futuro padre, sin obtener mejor respuesta que si acaso el abogado Arrarás consideraba a la pensión Le Sirocco un servicio público de información del Quai d'Orsay, y si la próxima pregunta iba a tratar sobre la licencia de hostelería del propietario de la pensión Le Sirocco, lo que dejó sin recursos al abogado, por muy habilidoso que luego se haya mostrado en otras faenas (y puedo asegurarte que se ha mostrado muy habilidoso), pero no a tu preciosa madre de hermoso pecho, la cual solicitó de inmediato una habitación con baño.

«¿De matrimonio?», preguntó el propietario.

«Sí, pero con dos camas», respondió tu madre.

32

Así de rápida, así de práctica, así de viva era ella, tu madre, la navarra, ya percatada de que los perquisidores de Luis regresarían tarde o temprano para preguntar por él, y en ese instante ella les rogaría unir esfuerzos para la búsqueda, de manera que: «Voy a subir las cosas a la habitación, pero tú te quedas aquí, en esa butaca, hasta que aparezca alguno de los que se interesan por Luis. Haremos turnos. ¡No te distraigas!», y sube ella misma con el maletín de becerro en una mano y la cartera de cuero negro, cartera de cierres dorados, del abogado Arrarás, hasta la habitación número 17, en donde se tumba sobre la cama, en donde se muerde las uñas durante media hora, en donde se moja la cara con agua helada y en donde trata de desmenuzar sus confusos pensamientos (sus confusos sentimientos, en realidad, aunque ella no vea ninguna diferencia), porque hay algo que no le ha dicho al abogado, ni tampoco, claro está, a tu futuro padre, algo que la mantiene irritada y de considerable mal humor. ¿Pero por qué ese mal humor se le disipa cada vez que recuerda las frases más infantiles de las cartas de Luis, del buen Luis, de Luis el patriota, quizás algo ofuscado, como todos los patriotas, pero dueño de una voluntad que va un poco más allá de los intereses inmediatos, esa virtud de los buenos maridos, de los maridos perfectos, ir más allá de lo estrictamente personal? ¿Por qué se le disuelve de inmediato el mal humor cada vez que piensa, «¿Será capaz de gastarse los tres millones en un avión, ese bobo, ese estupendo bobo?», y se le escapa la risa?

Suena el teléfono interior y es Aurelio, desde la recepción, que con su voz lúgubre, la oficial, le dice: «Baja inmediatamente, he conseguido sonsacar a este idiota. Le están buscando los rojos», y el mal humor regresa como un viento del sur, hinchado de humedad y miasmas.

CAPITULO V

33

Los mandos nacionalistas vascos reunidos en San Juan de Luz eran unos auténticos caballeros en permanente contacto con los mandos de Bilbao y Laredo, en contacto permanente con otros caballeros que dentro de muy poco se juntarían en Francia, los supervivientes, para no volver jamás a Euskadi, todos ellos caballeros y en contacto. Pero los mandos de San Juan de Luz no acababan de respetar la conducta de tu padre. Tenían algún pequeño reparo que hacerle a tu buen padre, el expatriado.

Mando Primero: Pues, ¿y no era don Luis de Larrazábal todo un caballero?

Mando Segundo: ¡Larrazábal! ¡Larrazábal! ¡Nada de «de Larrazábal»! ¡Larrazábal, a secas!

Mando Primero: Es lo mismo, ¿no era pues un caballero?

Mando Tercero: En todo caso, es poco comprensible que tras pasarse a Francia no regresara a Bilbao para ocupar su lugar, el lugar que le corresponde como hombre y como vasco. Eso es sospechoso.

Mando Segundo: Tampoco hemos vuelto nosotros.

Mando Primero: Nosotros... no vas a comparar.

Mando Tercero: Nosotros estamos aquí por órdenes. A mí me mandan regresar a Bilbao, y salgo corriendo.

Mando Segundo: ¿En qué dirección?

Mando Tercero: ¡No te permito...!

Mando Primero: Volvamos a lo nuestro. ¿No era pues don Luis de Larrazábal todo un caballero? ¿No formaba acaso parte de nuestro cuerpo diplomático?

Mando Segundo: Larrazábal era, y supongo que es, todo lo caballero que permiten los tiempos. La cuestión es saber por qué nadie le advirtió de que los tres millones eran del Partido, y no suyos.

Mando Primero: Del Gobierno. No del Partido. Del Gobierno. A nosotros nos avisaron tarde, los de Bilbao, cuando ya habían enviado la transferencia. No hubo manera de dar con él. Estos Larrazábal envían millones como flechas de papel.

Mando Tercero: Y además, el dinero es suyo. Esto va a ser un problema.

Mando Segundo: El problema se lo han sacudido de encima los Larrazábal de Bilbao y se lo han colgado a ese infeliz.

Mando Primero: ¿Qué problema?

Mando Segundo: ¡El del patriotismo, congrio! Porque si ahora Larrazábal dice que no se gasta un duro en la evacuación, ¿qué vamos a hacer?

Mando Primero: Don Luis de Larrazábal no puede hacer eso, es un miembro de nuestro cuerpo diplomático.

Mando Segundo: Muy bien. Vamos a suponer que don Luis de Larrazábal es simplemente Larrazábal y que no se gasta un duro en barcos ingleses, entonces ¿qué?

Mando Primero: Me niego a considerar esa posibilidad en un funcionario vasco y miembro del Partido.

Mando Segundo: Pues hazme el favor de considerarla.

Mando Tercero: ¿Pues qué sugieres tú?

Mando Segundo: Que le demos un tiro. Es como si nos hubiera robado. Eso no se puede permitir. Por su codicia, naufraga la evacuación.

Mando Primero: ¡Pero qué bruto eres! Eso que lo hagan los comunistas. La guerra puede estar perdida, pero no la moral.

Mando Segundo: Lo que está por perderse son tres millones. Veo más fácil recuperarlos de un Larrazábal muerto que de un Larrazábal vivo.

Mando Tercero: Eso también es verdad.

Todo lo cual en la ciudad de San Juan de Luz, la mañana del cuatro de junio de 1937, mañana un poco fresca si se tiene en cuenta que el nacimiento del verano es, en aquella parte, muy húmedo y pegajoso, en la ciudad de San Juan de Luz, entre mandos y caballeros.

Mando Primero: ¿Y quién ha de hacerlo?

Mando Segundo: ¿No está por aquí M.O.? Pues es el más indicado. Que lo haga antes de volver a Santander.

Mando Primero: Creo que le tenemos citado para mañana.

Mando Segundo: Pues ya puedes ponerle al corriente.

Mando Primero: ¿Y si entrega el dinero?

Mando Segundo: ¡Hombre, si da el dinero, aquí no ha pasado nada!

Mando Primero: Bueno, bueno. Si don Luis colabora, aquí nadie ha dicho ni pío.

Mando Tercero y Mando Segundo: Evidentemente.

Observa el Mando Primero su agenda, busca la página del día como un cura con su breviario, y al fin la encuentra.

Mando Primero: Aquí está. Ha de presentarse mañana a las cuatro de la tarde.

Mando Segundo: Pues ya sabes...

Mando Primero: Ahora bien, si don Luis...

Mando Segundo y Mando Tercero: Evidentemente.

34

Contempla su futuro el nervudo de extremidades gudari y contempla, *en passant*, el hermosísimo panorama del río Adour, brazo acuático de Bayona que se cruza con el Nive, segundo brazo acuático. Melancólico el gudari, enlace entre las dos Euskadis, la verdadera y la del exilio, cavila sobre la suerte que le espera en cuanto regrese al frente, pero también sobre los días que le quedan antes de eso y el regalo de última hora que le ha caído.

La aceitosa superficie de los muelles, la música de repique cuando el viento mece los palos de las embarcaciones, el aroma de gasóleo, sardina y azufre; los marineros con boina de pompón rojo y zapatilla negra, las mujeres afanadas con críos calle arriba. Todo lo que no es suyo, todo lo que es vida de un pueblo en paz. Locos, los pueblos en paz; más locos que los pueblos en guerra. Todo lo cual el tres de junio de 1937, recién llegado a Bayona, la de doméstica catedral asentada sobre pendientes de buen adoquín; la de mercado excelente, la de interminables lanchones pintados de azul, de rojo, de amarillo, como si esperaran la llegada de un pintor ruso, en reposado reflejo sobre el río. La bella ciudad de Bayona, para él, nada; nada de nada. Para él, las instrucciones que van a darle los mandos de San Juan de Luz; para él, cruzar una vez más la muga, o quizás el mar, sorteando centinelas, patrullas, carabineros y guardias civiles; para él, la línea de fuego, lejos del puerto y sus mujeres afanadas calle arriba con sus críos. Eso le calienta las tripas.

Bajan luego a pasear el gudari y tu padre una vez depositadas en el hotel las bolsas y el atadijo de hojas del *ABC*, una vez aseados del polvo que las ventanillas del autocar lanzaron a paladas sobre ellos. A pasear por las limpísimas calles de Bayona, negra en invierno, pero luminosa ahora, en junio, bajo los plátanos leopardos de origen napoleónico, junto a los cafetines donde venden pan largo y crujiente, comercios cargados de diarios en exposición con titulares unánimemente obsesionados por una palabra, «Alemania», porque la palabra «España» ya comienza a escasear. Ciudad confiada y laboriosa en cuyo flanco sur se está abriendo la primera puerta por la que pasará Hitler con muy planchado uniforme, sin ropa interior, y aquella manita que se le disparaba hacia la oreja. Pero a nadie le importa lo que suceda a esos cafres de españoles, así revienten todos. Pasean por la culta y rica ciudad francesa en la que hasta los niños con bachillerato ganarían oposiciones a cátedra en España, si no estuvieran previamente concedidas a unos sinvergüenzas. Pasean y conversan.

35

«Yo debo prevenirte, Luis, que en mi oficio he tratado con toda clase de gentes. Yo me debo a los jefes del Partido, como tú, alguna vez, también te has debido a los jefes del Partido, no sé ahora. ¡No me hagas protestas! Me es indiferente, créeme. A mí me parece bien que aplastes a unos cuantos fascistas, la verdad. Y si te quieres gastar el dinero en eso, por mí, muy bien. Dentro de una semana o cosa así estaré en Laredo y lo más probable es que allí se acabe todo. Tú quieres un avión; es una idea de loco, pero aún más loco es seguir combatiendo en España, cuando todo está perdido; así que, ya ves. No sé quién es más loco. Voy a ponerte en contacto con otro loco. Mucho va a extrañarte que tenga tratos con ese individuo, pero los que trabajamos en lo mío, y no me hagas hablar, cuidamos nuestros propios tratos y nos hacemos favores y luego, cuando llega el momento, nos vendemos los unos a los otros y todo se ha acabado una vez más. Yo voy a presentarte a un hombre indigno de confianza, a un farsante, a un criminal. Tú has de tratar con él porque si él quiere, tendrás tu avión e incluso la munición.»

El gudari mira a tu padre con las rectas antenas dirigidas muchos centímetros más arriba, y le tranquiliza el aspecto atento y cortés de su gesto.

«Ahora debo advertirte de algo. El dinero es el dinero, desde luego, pero sólo con el dinero no lograrías nada. Este hombre trabaja para los alemanes, aunque está en la nómina de la policía francesa y hace méritos con los Nacionales, avistando el futuro. Entre otras cosas, nos vigila a nosotros, para cuando haya que suprimirnos. Yo le facilito informaciones y de ese modo, cuando llegue el día, algo podremos negociar. Su nombre es falso. Se hace llamar Manet, pero habla un castellano que yo adivino de la parte de Levante. Su vida ha sido una cadena de barbaridades, pero como todos los hombres de conciencia turbia y destemplada, tiene un lugar de reposo. Muchos de estos hombres, soplones, traidores, negociantes de carne humana, descansan en el juego, en el naipe, la ruleta; o con las putas, es inevitable; muchos beben o caen en una religiosidad fanática. Tú ya verás en dónde descansa éste. Ha sido su manía lo que me llevó a pensar, ayer, en Biarritz, que tu proyecto puede no ser imposible. En cuanto os haya presentado, me iré al hotel y allí nos veremos después, Y mañana... agur», debió decirle, seguramente, el gudari, indiferente a la conclusión del asunto (¿qué más le daba a él si finalmente tu padre bombardeaba el cuartel de Loyola?), pero incapaz de pasar por delante de un acto de violencia sin inmiscuirse, como el incendiario no puede pasar junto a un almiar con un cigarro en la boca, sin probar la brasa y seguir su camino.

36

¿Acaso no había tratado, el diplomático, personas de la más extraordinaria dificultad, casi inaccesibles, en China, por ejemplo? ¿Y no había elegido su carrera justamente por un innato talento para ganar la confianza de los hombres más impenetrables y adustos? No es que fuera, tu padre, hombre simpático, sino más bien translúcido, con un porte cándido y desgarbado, un gesto aplomado de creyente, de ilustrado, de hombre de progreso, el más ingenuo de todos los hombres. No dudó Luis ni un instante sobre su capacidad para convencer a Manet; sólo sentía la inseguridad de enfrentarse a un enemigo político y zoológico, un amigo de sus enemigos, a quien debía convencer de la rigurosa necesidad, imperativa necesidad, de bombardear a sus enemigos, es decir, a los amigos de su enemigo, el señor Manet, para lo cual, en efecto, contaba con muy escasa información, así que, ciertamente, preguntó:

«¿Pues dónde descansa? ¿Qué manía puede ser esa de la que tanto esperas?», a lo que el gudari de nervudos miembros respondió:

«Su manía, su obsesión, yo diría, la locura de Manet, son los hidros.»

Varios centenares de metros tardó tu padre, el bueno, en atreverse a reaccionar, y cuando lo hizo fue con un dubitativo, reflexivo, «¿Los hidros, dices?», que mostraba deseos de no herir la susceptibilidad del gudari.

37

Habían llegado ante un bello edificio balzaquiano de sillares musgosos y tejado de pizarra negra, en cuya puerta brillaban los botones y las placas profesionales de un notario, un cardiólogo, una familia Lejeune-Bobois y un agente de import-export cuyo nombre grabado en versales góticas no dejaba lugar al misterio. Allí, delante de la espléndida placa de latón, el gudari M.O., el clásico combatiente de una guerra perdida y varias por ganar, añadió con un suspiro, «Sí, amigo mío, los hidros. Aquí es. A partir de ahora el futuro del bombardeo está en tus manos. Vamos allá», y pulsó el botón cimero, correspondiente al cuarto piso y al agente de import-export, el tal Manet.

Aun cuando tu padre sentía el apremiante deseo de armarse con una mayor información, se contuvo y fue subiendo la escalera de pasamanos de nogal, brillantemente encerado, con creciente entusiasmo, pues era de condición noble y vasca y nacionalista, y el peligro, como a todos los que ya nada tienen que perder, le aligeraba el ánimo y aceitaba los engranajes de su cerebro, no muy amueblado, pero elegante.

También sobre la puerta con molduras y un puño de bronce, en higa, figuraba la placa, aunque ya no en versales góticas sino en una más neutra romana.

Nada respondió al primer timbrazo, pero sí, al segundo, la esposa, ama de llaves o secretaria, o las tres cosas al tiempo, del señor Manet, mujer alta y fuerte, con el cabello recogido en un moño pétreo, enorme pecho aplanado por un corpiño negro con cuello de encaje, y sobre los cincuenta años de edad, la cual, mostrando una sonrisa acogedora saludó al gudari con conocimiento y rogó pasaran al salón.

Salón con galería, iluminado en los rincones por apliques en forma de antorcha, aun cuando la luz esparcida por los visillos caía en cascada desde el ventanal.

«¿Desean ustedes ver a monsieur Manet, infiero?», dijo la esposa, secretaria y ama de llaves en castellano con pronunciado acento de la Provenza y no demasiada corrección, «Pues ahora mismo voy en su busca, si me dispensan.»

¿Fue el taconeo de aquella mujer fuerte, al sonar sobre el parquet de roble teñido, lo que entristeció de repente a tu robusto padre? ¿Una reminiscencia de su propia madre, mujer también fuerte, de anchos huesos, golpeando el parquet familiar con los cuadrados tacones, lo que hundió su cabeza, la noble cabeza de tu padre, hacia la alfombra color hígado, así que cuando la alzó de nuevo se encontró frente a frente con monsieur Manet, el cual se había materializado justo delante de sus ojos y a la misma altura, pues monsieur Manet no levantaba más de un metro cincuenta centímetros, y se lo topó de hito en hito a menos de tres dedos de la nariz, de modo que sólo vio la perilla, los ojos como nueces, la bola monda de la cabeza y las orejas transparentes de murciélago, una imagen híbrida de Trotski y D'Annunzio, con la misma insignificancia pigmea, multiplicada por la contrahecha aristocracia de Toulouse-Lautrec? ¿Fue, realmente, aquel taconeo la causa de que las primeras palabras de tu padre fueran, «No doy crédito a mis ojos», a lo que monsieur Manet contestó con un maullido o mugitación, «Lo sé, hijo mío, soy hombre ridículo, pero esto no ha sido un impedimento, sino un acicate para la realización de mis deseos y ambiciones», concluido con una risa gallinácea que sacudió sus exiguos hombros y erizó la perilla canosa?

«Ahora bien, realizo mis deseos y ambiciones por persona interpuesta, ¿entiende?, interpuesta. ¿Le importa ponerse en pie? Cuán amable. Bien, bien. Robusto, plexo sin grasa, grandes manos, fuertes falanges, ¿quiere sentarse de nuevo? ¿Le importa si miro sus pupilas con esta lámpara de bolsillo? Humor vítreo regular, braquicéfalo. Abra la boca, ¿puede usted abrir la boca, si me lo permite? Cuán amable. Buenos molares...», y así sucesivamente. Una inspección completa que tu padre soporta perplejo pero con entereza, mirando de soslayo al gudari cuyos inequívocos gestos dicen «déjate hacer», hasta que al cabo de diez o doce minutos monsieur Manet, con evidente satisfacción, sentencia, «Sí, señor; he aquí un arquetipo científico de andaluz. Pasemos a mi despacho. No, no, usted no, mi querido M.O., me alegro de haberle saludado, adiós, adiós, ya conoce la salida, sígame, don Luis, por favor».

CAPITULO VI

38

Ahora bien, como ya le advirtiera el infatigable combatiente vasco M.O., el señor Manet es indigno de confianza, muchas son sus máscaras y así lo pone de manifiesto, con gesto brusco, tajante, de hombre habituado al mando, en cuanto se cierra la pesada puerta del despacho apenas iluminado por una lámpara con pantalla de pergamino y la enorme pintura que cubre todo el muro norte con el triste asunto de la familia del emperador Darío y la magnanimidad del joven Alejandro, sin la más mínima relación con la magnanimidad de Manet, cuyo rostro se contrae agriamente.

«Olvídese ahora mismo de todo lo anterior, señor mío. Mis payasadas tienen como único propósito hacerle creer a su camarada que soy mucho más vulnerable de lo que él imagina. Supongo que así va a decírselo usted, pero difícilmente le convencerá. Cuando alguien ha visto con sus propios ojos la debilidad ajena, ya nadie puede persuadirle de lo contrario.»

No le invita, a tu buen padre, a tomar asiento y así,

en pie, pasea la mirada por la penumbra, con el fin de no tropezarse con los ojos de Manet, atento a los detalles (escasos detalles) casi invisibles, fotografías sobre la mesa notarial y maciza, quizás maquetas en un aparador, alfombra indefinible de lana granate con calvas.

«Nos separa mucho, pero también mucho nos une a ese rojo y a mí. Estas son cuestiones para gente excepcional. Usted, señor mío, no sé, ni de momento me interesa saber, si es un hombre excepcional, sólo sé que necesita un avión. ¡Y tampoco eso me interesa! Ni siquiera me interesa saber qué va a hacer con él, aunque naturalmente ya lo sé, sólo me importa que lo quiere, sólo me interesa e importa que usted quiere un avión y está dispuesto a pagarlo. Una cifra elevada, diría yo, muy elevada. ¿De cuánto dispone usted?»

Tu padre, hombre habituado al disimulo por la profesión, a la mentira por la industria diplomática, no duda ni un instante.

«Dispongo de millón y medio de pesetas, ya cambiadas en francos y depositadas en una entidad bancaria gala.»

Si bien Manet recibe la información con impasible curiosidad, una vez oída la cantidad abandona la mesa de notario tras la que parapetaba su insignificante cuerpo y da unos pasos por la alfombra, cabizbajo, las manos enlazadas a la espalda.

«Un millón y medio... poco es. Poco. Es muy poco», y volviéndose hacia tu padre, separados por unos treinta o treinta y cinco centímetros, mirando a tu padre hacia arriba con gélida contención, «Deduzco que ha dicho usted dos millones y medio», luego se aparta con viveza y enciende la araña de cristal que pende del techo.

«No vaya usted a creer que yo me enriquezco con esta operación; tengo caminos más expeditos para la fortuna... y menos laboriosos. Mi satisfacción en este asunto es meramente personal; un lujo que me permito», y girando la mano muestra las fotografías, todas ellas enmarcadas en grueso ébano con marquetería de madreperla.

«Mire usted, observe lo más conmovedor de este mundo: el Heinkel 59, algo pesado pero por el engaño de los ojos, en el aire es ligero como el papel. Observe; el Cant Z 506B, trimotor, espléndido aplomo de los flotadores, tan separados, como un lanzador de peso afianzado sobre dos robustas piernas. Mire bien; el Vickers T-16, un verdadero desastre pero, por lo mismo, enternecedor, acaba uno por amarlo como a un hijo poco despierto, cariñoso e inocente. Vea, el Savoia S 55X, la verdadera artisticidad, el exasperante diseño, los italianos siempre cometen torpezas en ese sentido, pero ¡qué interesante!; dos veces cruzó el Atlántico Norte y acabó destruido el pasado 26 de mayo en el mollet de Menorca; bombas de cien kilos, señor mío, acabaron con él, cinco Katiuskas y bombas de cien kilos. Contemple esta rareza, el Sikorski RS 1, sesquiplano anfibio, extremadamente feo, ¿verdad?, semejante a un contrahecho homosexual que se arrastra de urinario en urinario; ¡un corazón de jabalí!; no le han dejado volar, claro está, los rojos, ellos mismos lo abatieron en marzo, ¡su propia aviación!, mataron a Casals, muchacho espléndido. Mire atentamente; el Dornier "Wal", una creación fuera de serie, belleza permanente, alegría y firmeza de técnicos y artistas en una nación que avanza; yo lo vi cuando tomó agua en los Alcázares...»

La mano de Manet señala, tensa como una lanza. Suda su calva y todo el cuerpo crispado y comprimido parece aún más pequeño. Vuelve los ojos húmedos a tu padre, «Sépalo usted; no hay en el mundo nada tan hermoso como un hidro. La síntesis del aire y del agua con el fuego, la más perversa creación de los hombres. Los hidros son satánicos, señor Larrazábal, son criaturas malignas, desviadas, trisexuales. ¿Con qué se pueden comparar? ¿Locomotoras, siempre esclavas del riel, condenadas a un trayecto fatal sin flexibilidad, libertad ni gracia? ¿Destructores? ¿Rápidos y bonitos cruceros de batalla? ¡Desesperadamente lentos para la maniobra, siempre lejanos, siempre recortados contra el horizonte! ¿Automóviles? ¡Consuelo de burgueses, amigo mío, consuelo para esa gente pancista que no conoce el abismo abierto por la técnica y el arte, la nueva producción de voraces monstruos y titanes, abismo que se nos abre a nosotros, hijos de la máquina».

Arrebatado por su exaltada exposición, Manet habla pegado a los pantalones de tu padre y cogido a su cintura, como dispuesto a bailar, pero de pronto se congela, da dos pasos atrás y frunce el ceño.

«Y además, ¿ha conocido alguna vez a un ingeniero de raza judía? No, ninguno. Carecen de órgano para el futuro; es un pueblo vuelto hacia su remotísimo y sediento pasado. Pueden dedicarse a las artes muertas, a la música, a la literatura, pero carecen de órgano para la técnica, para el arte total. ¿Ingenieros? Todos alemanes e italianos, toda la técnica, todo el arte de la técnica es alemán o italiano. ¿Ha conocido alguna vez un ingeniero francés? Un plagiario, sin duda; un copista hinchado de vanidad y estulticia. ¿Conoce usted ingenieros ingleses? ¡Todos inmigrantes! ¡Importación inglesa de inteligencia! Ese pueblo soberbio e inútil compra en Europa lo que no sabe producir; compra inteligencia germánica y latina para suplir su castrada personalidad. ¿Sabe usted que todos los varones ingleses con medios económicos suficientes se hacen azotar por sus criados? Se lo aseguro. Imposible, un ingeniero inglés, un ingeniero francés, un ingeniero judío... ¿En qué está usted pensando?»

«En don Isaac Peral», contesta tu buen padre, no tanto por patriotismo cuanto por cándida curiosidad, deseo auténtico de conocer la opinión de Manet, pues son opiniones no demasiado alejadas de las que tu buen padre sostenía hace años, en Madrid, sometido a la fascinación de aquel *chansonnier* de la filosofía, cuando estudiaba la carrera, tu padre, hombre progresista, hombre confiado en el futuro, pero ahora destruido, obligado a recogerse en un terreno de asilo, enfrentado a la técnica y al arte total que irremediablemente dan la victoria a Manet y a sus amigos.

Manet, tras un instante de estupor, reacciona con un violento gesto de la mano, arriba y abajo, arriba y abajo, «¡Ahí lo tiene usted! ¡Magnífico ejemplo! Un semita catalán, inventor de la más abyecta cobardía, de la más criminal aberración, el submarino, la guerra a escondidas, el ataque de las niñas. ¡Oh, yo odio los submarinos con la ira del clásico contra los arqueros, contra los cobardes que no luchan cuerpo a cuerpo! ¡Los débiles que matan desde la lejanía, embozados en su seguridad burguesa! ¡Oh, si yo hubiera podido hacer la guerra, señor mío! ¡Pero yo estoy impedido, yo no puedo enfrentarme con nadie, excepto con ideas despreciables! ¡Yo amo la guerra por encima de las ideas y por ello mismo estoy dispuesto a secundarle! ¡Yo quiero ver volar mis máquinas! ¡Yo daría mi vida por pilotarlas, pero no me es posible! En consecuencia, como un padre, las soplo de la palma de mi mano y las pongo en vuelo. Las vivo por persona interpuesta. ¿Entiende usted? Así que no me diga lo que va a hacer con mi máquina. Yo quiero ver cómo rasga el agua del Adour, quiero ver esas dos líneas de convulsa espuma sobre el río. ¡Yo quiero oír su zumbido alejándose en la atmósfera, alzándose a todo motor! ¡Y quiero ver cómo regresa al atardecer con la ligereza de su descarga, a posarse nuevamente sobre las aguas! ¡Mi perro, mi perro fiel! Nada me importa sobre quién caigan las bombas, hormigas, labriegos, chusma, civiles, militares de tierra, cien vidas no son nada comparadas con el semicírculo de amerizaje de mis máquinas. Comprenderá, por tanto, que actuemos con sigilo.»

39

Apaga ya la luz el señor Manet, como si a duras penas soportara la vista de las fotografías y de las maquetas. Su mera presencia exaspera la insoportable impotencia, la injusta prueba a que le ha sometido Naturaleza, su enemiga. Naturaleza contra la cual toma venganza mediante máquinas que niegan las leyes de Naturaleza, que ponen en ridículo a la vieja Madre, como ella le ha puesto en definitivo y eterno ridículo a él, a Manet, el irremediablemente ridículo. Pero no le tiembla ni un músculo y sus manos están firmes sobre la mesa en cuyo tablero las apoya, y es indudable que tras la mesa ha de tener dispuesta una tarima o rampa pues de otro modo no podría apoyar las manos, ni seguramente la perilla, sobre la mesa, aunque (piensa tu padre), es difícil de calcular.

«¿Y cuándo cree usted que podremos contar con uno de esos aparatos?»

Pide calma el señor Manet, pide sosiego y sensatez.

«¿Se imagina todo lo que ahora yo debo hacer para traer a Bayona un hidro? ¡Y con munición, naturalmente! Ni siquiera estoy seguro de lo que puede estar a la venta ni el estado en que se encuentre lo que haya. Ha habido gran destrucción y mal uso de la flota, como de todo, en el ejército republicano, ese atajo de resentidos. No los entienden, los hidros, no los comprenden, no atienden a la poesía del aire, los rojos. Pero son fáciles de sobornar, porque nadie les va a pedir responsabilidades. Allí, alguien pide responsabilidades, y al día siguiente aparece en la cuneta con dos agujeros en el cráneo. Es sólo cuestión de conectar. Déjeme hacer y vuelva usted a visitarme en el término de unos días. Para entonces tenga ya lista la cantidad entera. Por el momento me basta con un dinero para los gastos de enlace. Cosa de doscientas mil. Y ahora váyase, por favor, me he fatigado. Su negocio me conforta, pero también conmueve fibras de mi alma que me son muy penosas. Lo mismo me sucede con la música de Bruckner.»

Camina tu padre en busca de la salida, sin ayuda del ama de llaves (¿esposa, secretaria?), sorteando sillones tapizados por William Morris y mesitas con fotografías en marcos de plata hasta entonces no advertidas: hélices, pilotos, aeródromos, hidros, monoplanos, triplanos, bimotores, trimotores, cuando ya cerca de la puerta oye los pasos apresurados de Manet.

«¡Un instante! ¡Permítame! Debo aclarar un extremo de la mayor importancia. La cantidad que usted ha mencionado, dos millones y medio, si he oído bien, sólo alcanza para una máquina muy regular, de escasa seguridad, apenas interesante, eso ya lo comprende usted. Yo voy a hacer cuanto esté en mi mano por dar con un aparato que convenga a sus fines, délo por seguro. Ahora bien, puede suceder, y cuando digo que puede suceder sé muy bien lo que me digo, que nos encontremos, por casualidad, sin así haberlo deseado, con... no sé cómo decirle, un aparato enteramente excepcional, soberbio, admirable... un, en fin, es pura especulación, un, pongamos, un Z 501», se detiene extasiado como el esclavo de un vicio cuando deja volar en libertad su imaginación.

«¿Comprende usted? Puede suceder que no exista otra posibilidad. Podemos vernos obligados a adquirir un aparato fuera de lo común, un pura sangre, para entendernos... En ese caso el precio puede llegar a ser muy elevado. Debiera usted estar preparado para tal eventualidad.»

Luego, Manet se transfigura. Una luz siniestra forma un círculo monocular sobre cada uno de sus ojos. Cruza las manos y con estremecedora parsimonia, añade: «Hablemos claro. Yo no quiero ganar dinero. Yo quiero gozar, si es que usted conoce el contenido de ese verbo... Pero he de estar cierto de que usted es capaz de sacrificarse enteramente por este placer mío. Es posible que lo que pueda comprar por un millón le diga a usted que me ha costado tres. Lo haré (si es que se me antoja) con el exclusivo propósito de ponerle a prueba. Si usted me decepciona, no habrá trato y le denunciaré a las autoridades francesas. Pero si veo en usted el entusiasmo, entonces a lo mejor incluso le devuelvo el dinero sobrante. O quizás no. Nunca lo sabrá. Ya lo ve; la belleza siempre va aparejada de mucho peligro. Y ahora, fuera de mi vista.»

CAPITULO VII

40

Viene ahora con el viento una cabeza cubierta de espeso cabello grasiento, mejillas hundidas, una cabeza de muerto con gorro de motorista, pómulos verdinegros y grandes bolsas bajo los ojos ardientes del sacerdote, el hombre de la motocicleta que viene y va, va y viene sobre el ruidoso utensilio de hierro, matrícula de Pamplona (falsa), el hombre de la Iglesia en cuyas pupilas brilla la luz del desierto.

En la profundidad de sus pupilas una viruta en forma de cola de cerdo, un fragmento salomónico de la sandalia que Jesucristo perdió camino del Gólgota. Este hombre, como un resorte, inclinado sobre el manillar de su motocicleta, las venas del cuello hinchadas, masculla letanías camino de San Juan de Luz, al ritmo de los golpes que un pistolón propina al depósito de gasolina en los vaivenes de una bolsa de lona colgada de su erizado pescuezo. *Turris Eburnea*, clonc, *Domus Aurea*, clonc, *Stella Matutina*, clonc, y a veces, clonc-clonc, si la carretera está mojada y la motocicleta de hierro patina o zigzaguea, aunque al ministro de Dios poco le importa, persuadido como está de que jamás la providencia divina intervendrá, con vida o con muerte, si no es en provecho propio. La providencia divina tiene siempre un balance de revista.

Veo ahora a este hombre, veo en el fondo de sus pupilas la víbora de fuego, camino de San Juan de Luz, y de regreso, también, semana tras semana, sin que jamás nadie le vea cruzando la frontera, ni españoles ni franceses, con la pistola haciendo de badajo. Ministro de Dios que acude a San Juan de Luz, a Hendaya, a Biarritz, apoya la motocicleta contra un muro y luego, guiado por Dios como el pueblo de Israel en el desierto, dobla una calle, pasa bajo un arco, cruza una plaza, entra en una cafetería, dispara dos veces, y se esfuma. Así semana tras semana, perfectamente informado (por Dios) dispara dos veces, cuello y estómago, mandíbula y oreja, riñones y pulmones, dos veces cada vez. Semana tras semana, en las calles de San Juan de Luz, de Biarritz, de Hendaya, de Biriatou, cuerpos tendidos sobre el macadam, charcos de color vino.

Y de regreso sobre el petardeante utensilio, con el tubo de escape desprendido, lostregando sobre el granito de la calzada, hasta la carretera, *Spiritus Iustitiae*, clonc, *Salus Infirmorum*, clonc, *Spes Nostra*, clonc y reclonc, hasta su parroquia de Noain, aroma de cera fría y madera de cerezo barnizada dos años atrás, donde se hinca de rodillas agradecido y dichoso como tras una cópula, llorando por los ojos hasta apagar la resistencia incandescente que en forma de ese relumbra en el pozo de sus pupilas. «¡Crucificado!», musita junto al pequeño altar, jarra de loza amarilla con tres lirios, refiriéndose a ese Cristo de negra barba, negras cejas, negras pupilas y negro cabello que alza dos dedos, índice y anular, como el cañón de un revólver dirigido hacia la altura de su Padre.

41

¿Diría seguramente cada semana, o varias veces a la semana, este ministro de la Iglesia, «¡Crucificado! Así como hay sangre en tus manos, que la sangre empape las mías; así como tus manos están perforadas, así también las mías disparen tus llagas y perforen los cuerpos alejados de tu amor; así como tú aceptaste la agonía, así la dispense yo entre quienes manchan el honor de tu sacrificio. Pero no me detengas, pues así como tú dudaste, e incluso temblabas como una gallina ante el cáliz, te juro por tu Madre que yo no he de dudar y buscaré una ayuda más poderosa (ya sabes a quién me refiero) si te interpones en mi camino»? ¿Eso diría, reclinado con la cabeza hundida y las manos alzadas hacia el intratable Cristo latino, cuando en el quicio de la iglesuca se recorta contra la noche un hombre cubierto con gabardina y chapela, las manos en los bolsillos?

Observa el recién llegado los cirios, el jarro, los lirios y la humedad suspendida en el aire (¿transpiración?, ¿rocío?).

«¡Señor cura!», grita desde la puerta sin que le responda ningún movimiento, ni mucho menos la voz del ministro de Dios.

Camina entonces la alta figura hasta el reclinatorio donde el sacerdote hunde su cabello embetunado entre los brazos alzados.

«De ser cierto lo que ha llegado a mis oídos, señor cura, ya puede usted seguir rezando, porque buena falta va a hacerle», dice el de la gabardina, pero ahora apoyando el cañón de un arma contra el cogote eclesiástico.

Con voz hundida, cansada, despectiva, pregunta el cura, «¿Y qué le han contado ahora? ¿Y por qué me importuna? ¿No ve usted que estoy rezando? ¿De dónde cree que vengo?» Luego se alza, apartando de un manotazo el revólver. «Y sea cierto o sea falso lo que le han contado, ¿cree usted que por eso voy yo a cambiar ni un ápice mis costumbres? ¿Cree que soy un esbirro? Yo soy un hombre de Dios y no tengo nada que ver con usted o con sus comandantes y coroneles. Si en ocasiones coincidimos, bien. Pero llegará el momento en que no coincidamos, y entonces... En fin, ¿qué le han contado?»

El hombre de la gabardina vacila, guarda el arma en los amplios bolsillos y vigila los brazos del cura.

«¡Por un conejo, señor cura! Eso me han dicho.

¡Por un conejo! El desgraciado que se lo ofrecía es proveedor del coronel Beorlegui, y le tenía amistad. No vamos a permitir que siga usted despoblando estas tierras. Es un escándalo. Mate usted en Francia, pero deje vivir a unos cuantos en esta parte. ¿Qué pudo hacerle aquel pobre individuo para que le volara los sesos?»

El sacerdote no se inmuta. Permanece mudo y detenido, la mirada opaca.

«Nos consta que era un patriota y un amigo de España», insiste el de la gabardina.

«Trató de venderme el conejo.»

«¿Cómo ha dicho?»

«Se me aproximó, nada más salir de Noain. Esta moto me hace la perla cada vez, siempre en el mismo lugar, pasada la villa de Verea, justo allí, la perla. Me estoy hartando.»

«¿Y le ofreció un conejo?»

«No. No me lo ofreció. Me lo quiso vender, le digo. De habérmelo ofrecido, tanto da. Pero me lo quiso vender.»

El hombre de la gabardina da un paso atrás y saca las manos de los bolsillos. Quiere alzar los brazos pero no alcanza a hacerlo porque el cura, ahora, se le planta delante. En el pozo de las pupilas amenaza con encenderse la viruta roja, como una brasa mal apagada a la que reanima un viento importuno.

«Usted no comprende nada porque usted recibe órdenes. Yo no recibo órdenes. Yo sé.»

El hombre de la gabardina soporta con serenidad el cañón que el señor cura aprieta contra su cuello. «Viene usted aquí a interrumpir mi plegaria y a decirme que si he hecho esto, que si he hecho aquello... Usted es un ente grotesco. Usted es una basura. Y además no comprende nada. Si el proveedor del coronel Beorlegui, ese héroe español, trata de vender un conejo al primero que pasa por la carretera, el proveedor del coronel Beorlegui está dispuesto a vender a su madre, ¿entiende usted? El proveedor del coronel Beorlegui habrá vendido ya lo que le haya venido en gana, y gracias a mí no volverá a vender nunca nada más, ¿comprende? Y va usted a salir vivo de aquí porque quiero que le diga al coronel Beorlegui que yo soy el único capaz de proteger a todos esos mariconazos del ejército español, pues de no ser por mí, a estas horas todos los coroneles Beorlegui de la zona criarían malvas. En esta España que ustedes han liberado se puede comprar la vida de un coronel Beorlegui por una docena de huevos. Y no es que me importe; le juro a usted que su guerra a mí me tiene sin cuidado. Pero es época de siega, en mi guerra. Y no voy a permitir que ni usted, ni su coronel, ni toda esa gentuza envuelta en banderas me la estropeen.»

Cuando suena el portazo, ya está de nuevo el señor cura de Noain hincado en el reclinatorio con los brazos alzados sobre la cabeza, aunque ha olvidado guardar la pistola cuyo cañón se levanta contra el cielo formando la paralela exacta con los dedos de nuestro Señor Jesucristo.

«¡Ya lo has visto, Crucificado!», reza el señor cura, «Así que ándate con ojo.»

CAPITULO VIII

42

No ha sido posible demostrar científicamente, hasta el momento, que los números determinen al día. ¿Habrían sido distintos el 12 de diciembre, el 14 de abril o el 18 de julio de haberse producido un 4 de diciembre, un 6 de abril o un 30 de julio? Nadie lo sabe, a pesar de la asombrosa cantidad de gente que todavía mira las estrellas.

Eso, entre mortales. Con los inmortales ya es otra cosa. Los inmortales tienen el alma hecha de números. El caso es que aquel cinco de junio de 1937, un sinnúmero de diminutas voluntades confluyeron sobre Bayona como limaduras de hierro arrastradas a un campo magnético y, como ellas, fueron dibujando una figura. Bien podrían haber dibujado un número, pero imagino yo que la figura se asemejaba a un cráneo cruzado por dos tibias, siempre hacia Bayona las tibias cruzadas bajo el cráneo, y Bayona, como los agujeros de la calavera, en el centro de todas aquellas virutas, imponiendo su voluntad enorme, ajena e indescifrable, aquel cinco de junio, hacia Bayona.

Tú formabas parte, también, de la partida, sin saberlo, en el dorado vientre de tu madre, la fuerte navarra, camino de Bayona con el abogado Arrarás al volante del Fiat, cada vez más interesado, el abogado, en el destino de Luis y más distraído de Carmen, a pesar del cabello recién cortado –siempre es preciso aprovechar una visita a Francia; en España te cortan el pelo con una hoz– y el aroma de *eau de toilette* algo dulzón. Corazón acompasado, de firme latido transatlántico, que escuchas quizás tenuemente, en el espeso interior de tu madre.

Todos hacia Bayona tras el informe recibido a través de un comisionado del Partido de tu padre, que es, a su vez, agente de Franco, de los italianos, de los franceses, y agente retirado de los moros porque le pagaban en moneda falsa que no aceptaban de vuelta pues, aseguraban, era la que habían recibido del general Silvestre. Un hombre de honor. Todos a Bayona.

Y no te maraville tanto concierto de partículas dispares pero coincidentes, porque no sabes nada de lo que sucedía en aquellos días marcados con un cuatro, con un cinco, con un seis y así hasta el treinta de junio. Lo que esos números movieron entre vascos, franceses, italianos y sarraceno-castellanos, no me lo creerías porque no puedes concebir que los grandes acontecimientos se muevan por la voluntad de unos advenedizos. ¿Me crees si te digo que el presidente de

Euskadi, el severo Aguirre, buen mozo y honrado personaje, nunca supo ni una palabra? ¿Que toda la negociación la llevaron a cabo Ajuriaguerra y Leizaola, y que el presidente no sabía lo que tramaban sus consejeros de Justicia y de Cultura? ¿Disimulo? ¿Farsa? ¿Que el propio Manuel de Irujo, ministro vasco en el Gobierno de la República (Madrid), se quedó mudo de estupor, y luego ciego de dolor, y luego loco de humillación, cuando comprobó que el pacto entre vascos e italianos no era una calumnia de los servicios secretos fascistas? Créeme. El cuatro de junio, en un París gélido y de cielo plomizo, Luis Zarrabeitía contrataba el flete de diez barcos, a doscientas libras esterlinas por unidad y día, es decir, unos dos millones de pesetas, con tres inexpresivos negociantes británicos que sabían ese dinero inexistente, que sabían que Zarrabeitía lo sabía, y que sabían que él sabía que ellos lo sabían.

Los barcos nunca llegaron a Santander. Pero si bien todas estas operaciones (en el aire, en la nada, en la estratosfera, entre políticos nacionales, nacionalistas e internacionales) no tenían efecto alguno, las palabras y las decisiones, disparaban efectos inmediatos a su alrededor. Alguien debía encontrar el inexistente dinero para los inexistentes barcos. Y alguien debía tranquilizar a los italianos, los cuales comenzaban a comprender con quién se las tenían y lo extraordinariamente arduo que es llegar a un pacto de caballeros con un español, incluso si éste es vasco, y, por lo tanto, no-español pero sin diferencia específica a la hora de firmar pactos de caballeros para no cumplirlos, como había sucedido ya en cinco pactos anteriores no respetados sobre la rendición del ejército vasco en Santander.

Episodios de política cañí como la comunicación del tres de junio en la que el Gobierno vasco propone a los italianos que ataquen desde Reinosa, para poder ellos, los batallones vascos, rendirse en Castro Urdiales y Carranza con mucha comodidad y gran aparato.

Los italianos, revoloteando manos, alzando cejas y precipitando monóculos preguntan a grito pelado si es que los vascos creen que las operaciones militares las deciden los italianos por su cuenta, o si lo que proponen es explicarle a Franco cómo dirigir la ofensiva. Enternecidos, sin embargo, cuando escuchan ese «Bueno, bueno, perdone su excelencia, no sabíamos que hicieran ustedes las cosas de un modo tan ordenado, no me extraña que perdamos la guerra».

Proponen los italianos estudiar conjuntamente *una operazione locale che dia l'impressione di un suceso militare legionario*, con el fin de disimular frente al Gobierno de la República. Hacemos pum, pum, y ustedes se rinden y fundamos el Protectorado Italiano de Euskadi, vienen a decir. ¿Seguro que Franco no se molestará con ustedes, sus aliados? ¿No le molestará que un pedazo bastante notable de España se convierta en la Abisinia cantábrica? Pero los italianos, con sonrisa displicente, aseguran que Franco está en sus manos, que no sean palurdos y que inevitablemente toda España acabará siendo un protectorado italiano, como Francia iba a convertirse, tarde o temprano, en un protectorado alemán. «¡Ah, bien, pues entonces de acuerdo!»

Pero antes de salir, los vascos vuelven a sus sillas con aire de hemos olvidado una minucia e insisten en que la operación militar «debe legitimar ante terceros» la rendición vasca. Los italianos no entienden muy bien, se miran el monóculo ajeno, levantan los hombros y los vascos señalan hacia arriba: terceros, terceros. Interrumpidos por el impertinente Da Cunto, substituto del hábil Cavalletti, con un «¡Ah, ya! El gobierno *legítimo*. No se preocupen ustedes, ya mataremos unos cuantos para que todo parezca de verdad».

43

Así que el cinco de junio se movieron media docena de voluntades, y cada una de ellas movió a otra media docena, y así sucesivamente hasta llegar a mover, más tarde, cuando ya no había remedio, ciento cincuenta y seis mil voluntades, más o menos, entre las cuales se encontraban las de aquellos que acudían a Bayona como ratas al granero, para poner en acto un plan potencial cuya demencia lo hacía tan práctico como casi todos los proyectos políticos de gran estilo diseñados en España durante los tres últimos siglos.

Y si no contamos entre tanta voluntad con la voluntad de tu padre, el noble y buen ex diplomático, es porque todas las voluntades antes mencionadas acudían a Bayona con el fin de mover la voluntad de tu padre en un sentido o en otro. La voluntad de tu padre debía, próximamente, tomar partido o bien por el pago de los barcos, o por bombardear San Sebastián, o por salvar el pellejo, o por huir con los tres millones a Puerto Rico junto a tu futura madre.

Pero la voluntad secreta de tu futura madre, de la cual no comunicó ni una sola palabra al abogado Arrarás mientras le tuvo al volante del Fiat camino de Francia, estaba concentrada en su sagrado vientre y restantes vísceras, todas ellas en alto grado femeninas y navarras, en plena ebullición ovárica porque ya comenzabas a manifestarte.

44

Otras voluntades ese día se doblegan ya, o tratan de ser doblegadas, a veces con la inconsecuencia del gañán que empuja el tronco de un roble centenario exigiéndole que se aparte para abrirle paso a él, al irrepetible gañán. Es el caso de este Mando Segundo que ahora mismo conmina al clásico y valeroso gudari de resistente corteza, como si hablara con una caña. ¿Será por esa patente frivolidad de los ricos y distinguidos por lo que el gudari mantiene baja su cabeza de granito y las cejas más arponadas que nunca, desolado ante el alegre mentecato que igual hunde una naviera que pierde una guerra, este ejemplo precioso de los inacabables herederos hispanos cuya función durante siglos ha sido (y es) mantenerse el mayor tiempo posible en la tarea de mayor responsabilidad y la más inadecuada para sus inepcias? ¿Por eso es que apenas responde, llevado de la atávica necesidad de obedecer y del secular olfato que en este momento le dice, vete con cuidado, gudari, porque te están metiendo la boca en una escupidera?

Sí, pero el sumiso ama el orden, ama la jefatura, y cuanto más canalla el orden y la jefatura, más desfallece por obedecer, el sumiso, creyendo, de ese modo, condenar al superior a mirarse en el espejo de su envilecimiento. «Mira que lo voy a hacer, y cuando esté hecho, tendrás que asombrarte de tu vileza...», parece que musiten los subordinados con la mirada interior puesta en el jefe. Pero su jefe no se avergüenza, no despierta tampoco y dice, «¡pero qué barbaridad estoy a punto de ordenar!». El jefe, en realidad, como todos los jefes, es un irresponsable y ya está tramando una nueva destrucción. Además, desprecia al subordinado. Por eso es jefe.

Mando Segundo: Piensa que ese dinero no es ya ni suyo ni de nadie, porque sin él nos vamos todos a pique. Y de un modo literal. Sin barcos, a pique. Así que se lo pides con buenos modos, le explicas de qué va el asunto. ¡Es heroico! Le dices que hemos de salvar vidas de gente comprometida; que si no les sacamos de

Santoña, en cuanto lleguen los fascistas va a haber una carnicería; y si lo entiende, bien. Traes el dinero, y a él, lo condecoramos. Pero si no acaba de entenderlo y su patriotismo flaquea, entonces te las arreglas como quieras, pero traes el dinero igualmente, o dejas las cosas de manera que haya un heredero asequible.

Valeroso gudari: Le condecoro yo, quiere usted decir.

Mando Segundo: ¡Ah! Eso, a tu gusto. Ahí, ni entramos ni salimos. Lo que queremos es el dinero para salvar vidas vascas y que Larrazábal –por cierto, es «Larrazábal», nada de «de Larrazábal»– no pueda aparecer, de pronto, con una reclamación. Convencimiento. Puro convencimiento. Cuéntale que su familia envió el dinero de acuerdo con nosotros, que si no, de qué... ¿Iba a dar permiso, el Gobierno, para esa transferencia? ¿Iba a llegar en veinticuatro horas? ¿Iban a regalarle dinero esos chacales? Se lo explicas. Eso es lo que queremos.

Valeroso gudari: ¿Tan mal va lo de Santander?

Mando Segundo: ¡Hombre! Mal, lo que se dice mal... no tanto.

Valeroso gudari: Lo digo porque parece que luego tengo que ir a Laredo.

Mando Segundo: Pues no sé si va a dar tiempo para eso. Ya veremos, ya veremos. ¿Cuándo debías ir?

Valeroso gudari: Creo que en septiembre.

Mando Segundo: A lo mejor para entonces te mandan a Valencia. La idea es sacar los batallones, cruzar Francia, y volverlos a poner en servicio en Cataluña. Una maniobra de largo alcance.

Valeroso gudari: Largo sí es, el alcance. ¿Ya saben los franceses que vamos a cruzar su territorio con un ejército?

Mando Segundo: Saberlo, no lo saben, pero cuando se encuentren ante el *fait accompli*, que es como llaman ellos a las chuladas, ¿qué quieres que hagan? ¿Fusilarnos a todos? Ya les gustaría, pero el Vaticano no lo permitiría y Euskadi Norte se pondría en pie de guerra. Hay por aquí mucho patriota que sabe muy bien lo que Napoleón hizo con ellos y que no son franceses ni nada. Asimilados, como nosotros. Estos se nos unirían de inmediato. Pero bueno, ¿a qué viene esta tertulia? Necesitamos el dinero, que es nuestro, para colmo. Si Larrazábal es un patriota, te lo dará. Si no te lo da...

Valeroso gudari: ¿No llegó lo de México?

Mando Segundo: El tío de Fede no ha enviado ni un duro. Es un perro. Anda, a lo tuyo.

45

¡Duro contraste, la cabeza agitada del cura de Noain, sus cabellos engrasados, los párpados tiritando y las manos engarfiadas al cinto! ¡Todo él un resorte! ¡Todo él un fuego alegre, dispuesto a saltar desde la bíblica zarza hasta el primero que pase, para abrasarlo, reducirlo a cenizas, esparcir su hollín por el cosmos! Y aun así, recela, frunce el ceño y vuelve a insistir en los detalles. El nunca ha operado en Bayona, conoce mal el lugar, es un riesgo. El tiene su recorrido marcado al buril en el seco cerebro: carretera, *Spiritus Iusticiae*, clonc, *Salus Infirmorum*, clonc, *Spes Nostra*, clonc y reclonc, San Juan de Luz, cuyo patrón le asiste desde algún despacho celestial, dos tiros al vascazo allí recogido, al traidor contra este país de Dios y de Rediós. ¿Y ahora tiene que ir a Bayona? ¿Y qué bobada es esa del intento de bombardeo? Pero el hombre de la gabardina, boina en mano, habla paciente y eficaz, como un domador que ha de meter en la cabeza del paquidermo que es imprescindible verle aguantándose con una sola pata sobre un trípode.

Larga y repetida explicación de la demencia de un rojo refugiado en Bayona; chifladura tonta pero que puede poner tres millones de pesetas en manos de los separatistas. Y eso, ni hablar.

«De manera que se instala usted en Bayona unos días, se pone en contacto con Manet, y prepara su acción divina. Con suerte pueden caer más, e incluso alguno de mucho respeto, porque hay medio nacionalismo vasco zumbando sobre tres millones.»

¿Es la bella imagen lo que acaba de decidir al cura de Noain? ¿Cazar de un manotazo las moscas, tres, cuatro moscas? Aparta al hombre de la gabardina, gira lomos, y se hinca en el reclinatorio, los brazos en alto, la mirada en el Cristo intratable como un guarda jurado. El hombre de la gabardina observa con perplejidad que en la derecha empuña el cura de Noain una granada de mano.

CAPITULO IX

46

Camina tu padre, el vasco, cada vez más enjuto, cercados los ojos por el insomnio, mascullante, la chaqueta arrugada como un papel, desmejorado está tu buen padre y menguando hacia la pobreza sin percatarse. Ningún francés podría ahora distinguirle del paragüero sin faena o del faquín ocioso, aunque, observando con finura, es raro que un obrero despeinado, sin sombrero, macilento, calce unos Church, pero bien puede haberlos robado.

No así otros vascos, ya en el exilio, que le ven pasar desde la terraza del Metropolitan, un poco menos desastrados pero también ellos ya con el inequívoco hedor de quienes nada poseen y viven con un espíritu provisional porque han dejado el alma en el cementerio que se va extendiendo desde Hendaya hasta Algeciras, camposanto por el que avanzan esqueletos episcopales con la guadaña y un verdugón. Todos estos vascos con sombreros, y alguno con una boina tan provisional como su espíritu, boina de factura francesa sin el aplomo de la boina guipuzcoana aunque con mayor virtud de impermeabilidad, creen que la provisionalidad va a durar poco. Pero va a durar toda una vida, y no lo saben. No van a volver jamás y se van a morir en cualquier rincón del mundo. Y no lo saben.

Ellos, al menos, los del Metropolitan, están a cubierto bajo la marquesina, en tanto que tu padre recibe sobre la abundante pelambrera una llovizna atlántica, muy fría, postrimerías del invierno en el naciente verano. No le inquieta a tu padre el meteoro y apenas si es consciente de que el agua resbala desde el sucísimo cabello y cae en goterones por su cuello. Va él muy decidido hacia los malecones del río, en el ensanchamiento donde amarran lanchones y gabarras, las plataformas de grúa para carga y descarga. Hay allí un trecho hondo y amplio, pasado el muelle de Lesseps, extensa piscina que se pierde hacia el estuario, donde las corrientes del Adour giran sobre sí mismas y disimulan la potencia con la que mueven toneladas de agua verde. Sólo diminutos remolinos superficiales, como huellas del zapatero acuático, señalan que la corriente es tenaz, potente y perversa.

Los galpones están pintados de color vivo, por el amor que la gente de agua, incluidos los de agua dulce, dispensa a todo lo simple: rojo cangrejo, azul sardina, blanco merluza, para cada almacén. Plátanos de indudable origen napoleónico subrayan en vertical la horizontalidad del Adour y tu abatido padre camina bajo las copas de recién brotadas hojas, no por afán de protegerse, aunque tirita como un enfermo, sino por miedo a la proximidad de la corriente.

«¿Podrá elevarse? ¿Con tan escasa pista? Depende del tamaño, claro está. ¿Cuánto puede llegar a pesar? ¿Y cómo va a llegar hasta aquí? De otra parte, si al fin llega, todo Bayona se va a enterar, y esto parecerá una feria. ¿No va a acudir la población a mirar, y con ellos la policía, los gendarmes, los militares, Dios mío, los espías que hay aquí de todas partes? ¿Cómo van a permitirlo? En cuanto toque el dinero, ese hombre me vende. Es un fin. Qué más da. Yo habré puesto todo lo que tengo. Lo que importa no es la eficacia, sino el deseo de hacer bien.»

En el meandro más septentrional, un ancho golpe de hoz marca el fin de la ciudad suburbial y el comienzo de los bellos montículos que tanto recuerdan a tu padre las inmediaciones de San Sebastián. Un merendero abandonado reluce de pronto por una apertura de luces; se ha rajado el cielo plomizo y un haz potente, geométrico, enmarca el merendero como un reflector antiaéreo invertido. Tiembla tu padre de los pies a la cabeza y se aproxima, casi delirante, arrastrando los pies, hacia la claridad celeste que cae de los nubarrones agrietados. En las colinas brillan los prados. El agua es ahora vinosa y en su orilla espejea la cubierta roja del merendero. ¿Llora tu padre o es la llovizna, hermana del txirimiri, lo que gotea desde su cabeza? ¿Y qué es lo que le arranca de esa contemplación estática en la que se ve a sí mismo, hombre muy roto a la montaña, habituado a un mar que no se tiende sobre playas o riberas de duna, sino que golpea montes, acantilados y colinas bravas en cuya falda casi a pico una yunta de bueyes se sostiene en perpendicular, como si las pezuñas se pegaran a la tierra mediante imanes? ¿Qué podría devolverle a este país que sin ser el suyo tanto se le asemeja, sino la voz del señor Manet venida de la trastienda del merendero, tras una silla desvencijada, entre barricas y cajas de madera para el transporte de fruta, en fin, desde las piernas de tu robusto padre, en donde puede haber estado escondido todo el camino, como un pointer?

47

«Exactamente, señor Larrazábal, exactamente en este punto, aquí mismo, sí señor, sorprendente intuición. Un dios le ha traído hasta aquí, no lo dudo, un pequeño dios que inspira a los artistas y a los técnicos. ¿Ejercía usted, en su arruinado país, algún oficio técnico? Tiene usted dentadura de arquitecto, pero su cuerpo no podría, no, ni hablar, trepar y brincar entre pilastras y armazones, no.»

Manet giraba el brazo extendido sobre el Adour, como un torero que agradece los aplausos girando la montera en el ruedo.

«Aquí será, en efecto. Yo ya lo estoy viendo. Como si aquí estuviera. ¡Rescatado de manos militares!

¿Puedo decirle algo? Los militares han perdido su grandísima nobleza y ahora son un cuerpo muerto. Tratan a las máquinas como tenderos. Calculan, calculan, calculan, economizan, luego gastan a mansalva, derrochan en artefactos imbéciles; y de nuevo economizan, economizan, economizan, y vuelven al gasto estúpido de empresario. Dan unas cosas a cambio de otras como gerentes y capataces, seres inservibles, condenados a la extinción. En pocos años, los ejércitos estarán al mando de hombres de negocios. ¡Antiguos soldados! ¡Clásicos militares cuando todavía el arte era una guerra y la guerra era un arte! ¡Pero ahora...!»

La llovizna caía sobre Manet, pero no llegaba a mojarle. Se evaporaba en cuanto daba con aquel cuerpo apretado, caliente y reseco en perpetua agitación.

«Tampoco usted, no vaya a creer... ¡Usted no es un artista! Usted es un perezoso y un inútil. Usted es un hombre moderno. ¿Sabe usted lo que va a hacer su avión? No, no lo sabe. Usted cree estar actuando por patriotismo, usted se tiene por un hombre moral, un hombre de principios, pero escúcheme, de Larrazábal, yo le digo, se lo digo y se lo grito, aquí, sí señor, saltando sobre estos charcos con el fin de salpicarle, que si en algún momento usted comprendiera el verdadero motivo que le empuja a comprar el hidro, usted retrocedería espantado porque no tiene coraje para aguantar, para soportar la verdad más verdadera. Es usted un cobarde, un perezoso y un inútil y un hombre moderno. ¿A qué se dedicaba, si es que puede llamarse actividad a la inutilidad que haya usted ejercido?»

«Yo era diplomático, señor Manet, y aún creo serlo. No entiendo sus insultos, pero tampoco me importan. Usted no tiene patria, usted no pertenece a nada ni a nadie sino a su mísero egoísmo y sus ridículas manías. Eso debe de ser el arte, como usted dice, una patente de egoísmo. Puede que mi aeroplano... está bien, está bien, mi hidro sea una gota minúscula en ese mar de sangre de ahí abajo, pero será un símbolo de que no todos estamos resignados y arrodillados, un símbolo de la fuerza de los derrotados por la fuerza, por eso soy diplomático y sigo al servicio de mi país.»

La risa gallinácea de Manet, un cacareo breve e intenso, resonó entre los galpones y se extendió sobre el río. Las pollas de agua salieron de sus nidos irresistiblemente atraídas por el señuelo. Picotearon como minúsculas máquinas de coser y volvieron a esconderse en las riberas.

«Su hidroplano puede prescindir muy a gusto de su guerra, amigo de Larrazábal, amigo mío muy querido, su guerra es una banalidad para el hidroplano. Podemos usar el hidro para matar a un par de donostiarras que, como en seguida comprobará, ni siquiera serán fascistas sino empleados, un bedel, un taxista, un peluquero, gente común, amigo mío de Larrazábal, pero el hidro que se pliega y acepta ese uso, es mucho más que un descargador de bombas. Usted cree que va a usar un hidro. ¡No! ¡El hidro va a usarle a usted! Estos aparatos son el resultado de las bodas del aire y del agua en el cerebro humano. Ellos mismos, cuando todavía cazábamos mamuts, nos obligaron a inventar el vuelo para que un día estas preciosas máquinas pudieran deslizarse sobre el agua con un estilo superior al de los repulsivos patos y gaviotas. Porque los hidros, desde antes de la creación del mundo, ya estaban esperando. Esa es su fuerza, a la que usted obedece creyendo actuar por ética. ¡Es usted un esteta impotente, de Larrazábal, porque no se atreve a ser un artista y entregarse a la Tierra! ¡Por eso se refugia en la insignificante nostalgia materna del patriotismo! ¡No se atreve usted a ser de la Tierra y quiere seguir en el cuarto de costura de su madre, con las criadas! A eso le llama usted ética y patriotismo, amigo de Larrazábal, pero es estética amariconada.»

«Oigame, Manet, yo me llamo Larrazábal, ¿de dónde saca eso de "de Larrazábal"? Yo soy Larrazábal, a secas. Amariconado, o no, pero Larrazábal. ¿Comprende?»

«¿Ah, sí? Pero hijo mío, te veo temblando como un perro. A ver, baja esa cabeza. Sí, fiebre de caballo, claro. A casa, nos vamos a casa. Así podrás conocer a un amigo de la humanidad. Corre, ven por aquí.»

Detrás del merendero, un Citröen negro charol espera a Manet. Al volante, su ama de llaves esposa y secretaria afea la conducta de tu padre.

«Va usted a poner perdida la tapicería. Aguarde un momento que extienda esta gamuza sobre el asiento», bonísima intención abortada de inmediato por el frenético amo, marido o jefe.

«¡Pon en marcha este trasto ahora mismo, mujer absurda, al instante y a toda velocidad, mal engendrada; este hombre está enfermo y si se muere me quedo sin hidro; ahora mismo, al instante, menstruadora!»

Regresan al centro y vuelve a cerrarse el cielo gris, ocluido. La llovizna perlea el parabrisas, se espesa la oscuridad y se adensan los ciudadanos borrosos, apresurados. Pero antes de embocar la vía de circunvalación el cielo aún se abruma un poco más, la llovizna engorda, se nutre la niebla fluvial y puede oírse un clonc, clonc, reclonc. Manet, hundido como un mico en el asiento, enjuga el sudor de tu pobre y estremecido padre.

«¿Dónde se hospeda usted, de Larrazábal?»

«En el Hotel Mistral, si es usted tan amable.»

«Ni hablar, vamos a mi casa.»

La esposa, secretaria y ama de llaves celebra la orden con un bocinazo al imprudente motociclista que se les cruza por el morro y vuelve a oírse el clonc (débil), clonc (más débil), reclonc (inaudible), hasta fundirse con la niebla y esfumarse. El sol se abre de golpe.

CAPITULO X

48

Tú fuiste engendrada sobre la arena, pero por muy sugestiva que la imagen te aparezca, lo que debes cavilar no es eso. Ahora que te aproximas a la declinación de los cuarenta años, en lo que debes reflexionar es en que fuiste concebida por la más pura desesperación. Sin regocijo fuiste empujada a venir de tu abismo, sin placer; más bien con el espasmo de quien devora un pedazo de pan antes de morir ahorcado, a sacudidas. A sacudidas te trajeron tu noble padre y la navarra de buen pecho, desde el descansado agujero en donde llevabas dormida e inexistente ya una eternidad, hasta la tierra que tu padre y tu madre veían desvanecerse para siempre engullida por la violencia cebollera y capruna de los africanos, la vesania de los curas hinchados de vino, la demencia de la chusma berberisca de Barcelona y Asturias y Andalucía.

Tu tierra había sido ya devorada y tu noble padre, en las convulsiones de la copulación sobre la arena inhóspita de La Concha, sin que la más mínima humedad suavizara la faena, no habría querido entonces engendrar absolutamente nada, habría más bien querido eyacular en la propia arena y allí dejarte morir desecada. Y esto es lo único que me justifica, aunque sólo sea mediocre y ladinamente.

Pero no así tu madre, la potente navarra cuyos golpes de riñón y esforzada vulva exigían concepción, pues para eso estaba ella hecha de vísceras, jugos, órganos, miembros y glándulas, para engendrar. Y si tu padre descargaba en la virgen navarra más ácida saturnidad que claridad solar, ella lo compensaba mediante abundante derrame de humores, aroma de caballa, espesos vapores y vahos que llegaron a formar una nube y se esparcieron, aquella noche, por la playa de La Concha con riesgo de delatar la presencia de los fornicadores al centinela que, borracho y lunático, custodiaba los accesos.

En eso debes pensar. Que más hija de tu madre eres, que de tu padre. De la navarra has recibido los pechos inflados que en la noche copulativa bien cruzados de arterias gordas como dedos se veían, y también su musculada vulva bien florida y guarnecida por una espesa vegetación, y el enredado vello del pubis como virutas de cobre, heredado ese empujón hermano de la coz que te trajo a la tierra arrasada para parir, a tu vez, ya sólo muertos y futuros muertos. Más de ella, por tanto, que de tu padre, el cual ya no podría arrojar su simiente más que sobre la arena.

Y si la navarra de pierna ligeramente dórica, aquella noche, meses después, en junio de 1937 y en el Hotel Mistral de Bayona, le dijo al abogado Arrarás que ya podía volverse a San Sebastián siempre al volante de su Fiat, aun estándole sumamente agradecida (que lo estaba, has de creerlo, y también que ella nunca vio en Arrarás al cínico colaborador de los destructores de patrias y repúblicas, nunca le vio así, aunque eso es lo que era, sino como un varón quebradizo que por poner su lengua en otra lengua traiciona a los traidores y a sí mismo, un pobre muchacho que por apretar con sus dedos el pecho de Carmen habría disparado sobre el cardenal Gomá, frágil subhombre que a la vista del sexo de tu madre en estado de succión habría muerto con el cerebro reventado como un higo), podía decírselo, que regresara a San Sebastián, porque ahora todo dependía de ella y quería encontrarse a solas con Luis, sin el equívoco de tener al abogado Arrarás esperando en la salita del Hotel Mistral y la incómoda sensación de que alguien está leyendo el periódico por encima de nuestro hombro.

«¿Pero cómo vas a dar con él sin mi ayuda? Y aun suponiendo que lo encontraras, ¿cómo vas a librarle de lo que se le viene encima, Carmencita? ¿Pero tú te imaginas lo que puede sucederle? Sólo yo, y con mucha suerte, puedo ayudarle. Ese hombre está loco y hay ya por lo menos dos sentencias de muerte sobre su cabeza. No me hagas hablar. Y eso sin haber hecho absolutamente nada. Imagínate si llega a hacer algo. No va a tener otro apoyo que el que yo pueda darle, si es que puedo. Y no te digo más», suplica el abogado Arrarás.

Pero tu madre continúa colocando los bártulos del *necessaire* sobre el rimero de cristal, en el cuarto de baño, y recogiéndose el pelo en un moño, porque el fino trabajo de San Juan de Luz se ha venido abajo por la carretera.

«Esta es una historia acabada, Carmen, por Dios. Tú debes convencerle de que salve la vida, en eso estamos de acuerdo. Pero luego no tienes que dar ni un paso más. Que huya a Inglaterra, o a Lisboa, y tú te vienes conmigo si no quieres destruirte, si no quieres que él mismo te destruya. Y el resentimiento, y el fracaso, y una vida en Méjico o en Argentina que os hará desdichados, odiados por los mejicanos y argentinos, odiados por vuestros propios hijos que no serán ni argentinos ni mejicanos, y además tú no sabes ni una palabra de francés, Carmenchu.»

Ni falta que le hacía. ¿No es cierto que sólo empleamos otra lengua para lo más prescindible, pedir el desayuno, preguntar el precio de unos zapatos, averiguar una dirección, pero en las cosas esenciales, urgentes, de vida o muerte, todas las lenguas dicen lo mismo? ¿No hablaban los jesuitas barrocos con los chinos? ¿Y Colón con los indios? ¿Y Ulises con Circe? Tu madre estaba tan cierta de encontrar a Luis como los animales el agua, por el olfato. Sólo tenía que dejarse llevar por el viento y toparía con él en la ciudad laboriosa, pétrea, húmeda de Bayona, por la avenida, junto al río, en un café, al amparo de la catedral, al doblar una esquina hasta la que Luis habría sido llevado por una llamada insondable.

49

El abogado se resigna, o simula resignarse quizás para preparar con mayor cautela una maniobra más eficaz.

«Tu locura, querida, es como la de Luis. Así son las cosas en vuestro bando: pasiones, arcaísmos, ni un átomo de claridad, de fe en la razón y en el estado, y ya no sé ni lo que me digo. Pero haré lo que tú quieras, por última vez. En la próxima ocasión serás tú quien me obedezca, eso te lo juro, o no volveremos a vernos. De acuerdo, mañana iré a San Sebastián y comprobaré cómo están las cosas, por si Luis tiene todavía alguna posibilidad de salvarse. Nos vamos a dar una cita, aquí mismo, dentro de cinco días exactos. Recuérdalo bien. Si algo se precipita, si tienes que marcharte del hotel, por lo que más quieras, déjame un aviso. Carmen, por favor, estás distraída, hazme caso: que a Luis le den un tiro es un fastidio, pero si van a matarte con él, me condenas. Yo no quiero que te maten también a ti, pobrecilla...», y así sucesivamente hasta que Carmen toma su cabeza afilada y la reposa sobre el abundante seno, bastante empapado por el llanto del duro abogado, últimas lágrimas (o penúltimas) de quien sería luego uno de los más fríos y odiados funcionarios del Régimen, pero ahora todavía no, ahora él mismo está desconcertado porque entre los suyos, en sus propias filas, han comenzado a aparecer «elementos sin ideales», según dice el abogado Arrarás, y eso le tiene perplejo. Su abandono momentáneo, sobre esta mujer fuertemente aromática, le derrumba con una cierta sensación de ridículo porque Carmen está cantando una nana.

«Está bien, está bien, perdona, tengo menos aguante que tú. Espera, voy a darte una cosa, aunque me la juego y no sabes cómo», y mientras tu madre estira un poco el escote, otro poco la falda, algo más el pelo atado al moño, Arrarás abre su maletín, esparce la ropa sobre la cama y saca a la luz una bella Astra de nueve milímetros y un cargador, arma estupenda producida con eficacia irregular por un empresario cuya factoría está siendo ahora pintada a la acuarela por un amigo del empresario, para enviársela al general Franco y que se la vaya mirando. Pero de momento, una de las pistolas de la factoría está en otras manos.

Nunca había sostenido, tu recia madre, una automática en las manos y se asombra del peso. Es un peso que no se corresponde ni con la masa ni con los materiales. Es un peso más pesado que cualquier otro peso, como si soportara la carga de su propio futuro.

«Pesa como un muerto», es lo que dice tu madre, pistola en mano, hay que reconocerlo, muy guapa.

«Dentro de cinco días estoy aquí de nuevo», insiste

Arrarás. «Espérame, Carmen, por lo que más quieras. ¡Y no quites el seguro, desgraciada!»

50

Seguramente la imagen de un Larrazábal mejicano, que tu madre sólo podía concebir con mostacho, pantalones ceñidos y sombrero de mariachi, tuvo una cierta influencia. Para ella, la sangre y la carne son de la tierra, y sin tierra, se volatilizan. Para tu madre, parir fuera de su tierra era exactamente lo mismo que para Antígona dejar sin sepultura a su insensato hermano. Crear fantasmas. Es la única explicación que me doy para la lejana pero perversa posibilidad que expresa en su despedida de Arrarás.

«Si Luis no desea, no quiere, o no puede tenerme con él; si en Luis ya no hay corazón para llevar consigo una mujer, o cree que hay tareas para las que yo soy un estorbo (he visto cosas así incluso en mi propia familia, los hombres pierden a las mujeres, a los hijos, y ya sólo se les vuelve a ver una vez al año, por fiestas, o aparecen muertos en una cuneta, o al cabo de mucho tiempo cuando ya nadie les recuerda y están medio idos), de ser así, me iré contigo, ¿no te parece? Los chicos han de crecer en casa, y a poder ser, que estudien cerca.»

¿Qué chicos?, está por preguntar Arrarás, pero ha quedado paralizado y mantiene el milagroso instante, la puerta entreabierta sobre un Edén con surtidores y parterres aromáticos, instante que él cree engañoso y perecedero pero que va a hacer todo lo posible para que se transforme en realidad, en suspenso, como un niño la estrella de escarcha sobre la palma de la mano.

CAPITULO XI

51

Durante los siguientes y progresivamente más desapacibles días de aquel mes de junio que fue casi invernal en Bayona, pero tórrido y de acelerada putrefacción treinta kilómetros más al sur, italianos y vascos continuaron con sus maniobras diplomáticas, cada vez más operísticas, no se sabe si por amor de la conspiración o por fascinación mutua. Cada parte trataba de averiguar cuál de los dos estados mayores era más tonto, o se lo hacía. Rompieron los unos con los otros seis o siete veces, pero como los amantes que aun y odiándose no pueden prescindir de la mutua posesión carnal durante un tiempo exasperante. A las pocas horas de romper las negociaciones, caían de nuevo agotados los unos sobre los otros, vascos sobre italianos, italianos sobre vascos, incapaces de mandarse al infierno, incapaces de interrumpir las mentiras, incapaces, ni siquiera, de invitarse a cenar.

Recomenzaban, cada vez más tensos, con una pasión convulsa, las promesas y los proyectos más delirantes, de los cuales salían garantes presidentes, dictadores, el Papa, la Unión Soviética, el inventor del Esperanto o cantidades tan ideales como asombrosas depositadas en Boston, Montecarlo, la isla de Man.

En ocasiones la escena adquiría caracteres helénicos, como sucedió en una de las múltiples interrupciones, cuando el general De Cunto, harto y asqueado de tanta lujuria diplomática, se levantó de la mesa apartando a manotazos informes, mapas, ceniceros y crucifijos, y aseguró que aquella misma noche iba a dar la orden de comenzar la ofensiva. El vasco, un Mando Tercero por estar el Mando Primero en París buscando ingleses con barcos más baratos y mayores dosis de candidez, y el Mando Segundo ya sabemos dónde, alzó el brazo blandiendo un puño diminuto y exclamó: «¡Ni se les ocurra! ¡Nos obligarían a una resistencia heroica para evacuar a las mujeres y a los niños heridos!», lo cual bastó para sentar de nuevo a De Cunto, con los ojos como platos.

«Estoy soñando», musita De Cunto, y propone un nuevo encuentro, el octavo o el décimo, con Ajuriaguerra en San Juan de Luz.

Es imposible. Para viajar de Santander a Donibane (así se empeña en decir «San Juan de Luz» el Mando Tercero, lo que de inmediato provoca la encendida cólera del italiano, porque ya es la tercera vez que cae y mira a su asesor consultándole de qué ciudad está ahora hablando aquel hombre), para viajar hasta Donibane, repite inaccesible a la furia latina el Mando Tercero, Ajuriaguerra necesita dos días. El italiano le ofrece el aparato con el que salió disparado de Addis Abeba el emperador de Abisinia.

«Los asientos son de cuero granate», añade con intención. Pero el Mando Tercero considera una cochinada que se compare a nuestro Ajuriaguerra con un macaco negro.

«Pues bien que viajaron en ese aparato *vuestro* señor Onaindía y *vuestro* Pantaleón Ramírez, cuando fueron a explicarle al conde Ciano que los vascos no son españoles.»

«¿Cuándo fue eso?», pregunta azorado el Mando Tercero, no exhaustivamente informado por sus jefes.

«El cuatro de mayo. Asientos de cuero granate.»

«Me deja usted de piedra, excelencia», dice el vasco.

Tres o cinco reuniones más permiten avanzar resueltamente hacia ningún lugar, es decir, hasta derribarse sobre un acuerdo tan extravagante que ambos se apresuran a aceptarlo, convencidos de que semejante disparate nunca se llevaría a ejecución. Quedan, pues, a la una de la madrugada del diecisiete de agosto de 1937, en el Hotel Miramar de Biarritz, para firmar el acuerdo. Los italianos garantizan la libre circulación de los barcos de evacuación desde las doce de la noche del veintiuno hasta las doce de la noche del veinticuatro. A cambio, los vascos entregarán un detallado informe sobre las posiciones vascas, lo cual incluye, claro está, alguna minucia sobre posiciones no exactatamente vascas aunque sí republicanas, porque el frente, ¿verdad?, no está limpia y educadamente dividido por nacionalidades, como lo estaba la antigua y también arrasada ciudad de Constantinopla.

«¿Será esta alta traición la más alta a la que puede llegar este individuo, o todavía le queda espacio para perfeccionar el arte de la traición y elevarlo a la sublimidad?», se pregunta el agregado militar italiano, mientras el Mando Tercero tiene la vaga sensación de haber cometido alguna barbaridad, aunque da lo mismo porque los mandos verdaderos sin duda alguna van a desautorizar el plan en cuanto se lo exponga.

Pero no. No lo desautorizaron. El pacto pareció muy bien a todo el mundo y el Mando Tercero no salía de su estupor. Ahora ya podían correr a por los millones, si querían algo más que un bou de pesca. Todo estaba decidido.

Todo era una fantasía, o una pesadilla. De nada sirvió tanta reunión, tanta conversación, tanto pacto, tanta altísima política, tanta inteligencia. Tu tierra fue arrasada, primero por los de tu propia tierra, los carlistas capadores que comían miembros humanos mientras danzaban antiquísimos bailes prehistóricos euskaldunes; luego por los fascistas venidos de todas las tierras de España y varias otras tierras no del todo españolas como Marruecos; y finalmente por los vascos que durante cuarenta años explotarían, laminarían e idiotizarían a las bellas comarcas, tan verdes. Sin contar el interesante experimento de los alemanes sobre un pueblecito, experimento que fue seguido con binoculares por varios oficiales españoles a quienes entusiasma ver saltar por los aires a sus compatriotas.

A veces todo se oscurece. Tú misma has vivido esa oscuridad y eres el resultado de esa oscuridad; tú y la irritación permanente que te agita y acompaña y que te acompañará hasta que se extinga el último de los tuyos.

CAPITULO XII

52

Estaba, por entonces, la ciudad de Bayona, muy agitada, muy distinta de la Bayona mansa y burguesa que tú has conocido. Estaba entonces la ciudad infestada por agentes de siete potencias, armando el aparato de una guerra cuyas primeras pruebas tenían lugar en el país más prescindible de Europa, y seguramente del mundo. Allí confluían agentes de todas las nacionalidades para observar cómo se retorcía la cabra hispana sobre la mesa de operaciones cuando le hincaban una aguja de media en el ojo, o cuando le cortaban de un hachazo las cuatro pezuñas. ¿Qué hace ahora? ¿Qué hace ahora? Se retuerce, se le salen los ojos, abre la boca y deja caer tres molares, alza el cuello como si quisiera desatornillarse la cabeza. El señor Chamberlain introducía una sierra por el ano de la cabra hispánica. ¿Y ahora qué hace? Se encoge y se estira como una lombriz partida por la mitad; le mana por el culo un licor viscoso y del miembro se le escapa una espuma de mucha burbuja. El señor Chamberlain agarraba con unas tenazas la lengua de la cabra hispánica y estiraba. ¿Y ahora? ¿Qué hace ahora? Todos los agentes se inclinaban sobre la mesa de operaciones y tomaban notas en sus cuadernos. Ahora eructa y traga sangre; traga sangre y eructa; ahora vomita una pasta color de hígado; trozos, posiblemente, de estómago.

Pero tú, de todo esto, nada pudiste ver, aun cuando ya estabas allí y formabas parte del espectáculo, flotando dentro de tu madre, ahora adornada con una automática que lleva siempre en el bolso a pesar de su peso. Y es que la ciudad está agitada. Así se lo comenta, relajado, distendido, el señor Manet a tu padre, todavía empapado, con las tazas de té bien caliente y una bandeja de pastas inglesas.

«Es posible que vea usted una manifestación de apoyo a la causa republicana, querido de Larrazábal; está anunciada para mañana y ha sido convocada por los bolcheviques, para qué vamos a engañarnos, aunque se disimulan bajo el título de "Amistad franco-española". De todos modos, eso no le concierne a usted, ni a sus compatriotas, porque no son ni españoles ni franceses. ¿O van a asistir como manifestantes, aunque no como manifestados? ¿Apoyan ustedes, como extranjeros, a la República española? ¿O ya sólo se apoyan a sí mismos, es decir, sólo apoyan su propia desaparición? Tengo noticias de que la manifestación fue ordenada desde el despacho de Plombières, es decir, por Stalin, para qué engañarnos, y creo que sus nacionalistas vascos no desean participar porque son católicos y no quieren figurar junto a los enemigos del Papa. Pero yo voy a decirle algo que ellos ignoran. A la misma hora se ha convocado otra manifestación de apoyo a los Nacionales y al Duce, contra los asesinatos de sacerdotes y ciudadanos en Cataluña. Pero ésta es otra nación y ustedes nada tienen que ver con ella, ¿no es cierto? ¿Acudirán, entonces, a la manifestación contra los asesinatos de sacerdotes en Cataluña? Al fin y al cabo, es como si mataran curas en Rusia, ¿verdad? Ustedes protestarían, ¿no?»

«¿Qué quiere usted que le diga, si no consigo ni siquiera que deje de llamarme "de Larrazábal"? La guerra siempre nos obliga a elegir entre injusticias. Todo es malo en la guerra, todo se hace malo. Lo que yo defendía hace dos o tres años, era bueno. Ahora ha dejado de ser bueno. Eso es la guerra, abrir los ojos a la maldad que escondemos detrás de nuestra bondad. Nuestra bondad nos utiliza para alcanzar propósitos que nos horrorizan. Tenemos ideas buenas y justas, nos ponemos a realizarlas y... el verbo "realizar" es muy misterioso. Con él se pasa de la cabeza y de las palabras, a las manos, los pies, a las máquinas, y entramos en un territorio salvaje en donde todo lo bueno se hace malo, un territorio que ya no está ni en nuestra cabeza ni en nuestras palabras. La guerra sólo es eficaz. La destrucción construye; para construir hay que destruir. El bien se hace maldad para hacer el bien, y el mal se hace bondad para hacer aún más daño. Eso quiere decir "guerra". Quiere decir, obedecer órdenes que ya no son humanas.»

¿Recordaría tu padre, unos días más tarde, la voz que entonces brotó como un hongo desde un rincón oscuro de la oscura sala del señor Manet, voz de un desconocido que allí había estado desde el principio, cuando llegó tu padre empapado y febril, pero a quien no pudo ver aunque sí presentir?

«Es el teniente Jünger, de los alemanes», susurró Manet sobre las palabras que ya manaban del fondo de la sala, lentas, en un francés pulido y exacto, más literario que oral, transparente pero opaco, con todos los acentos equivocados y marcada rítmica tedesca, que yo te traduzco aunque, por desdicha, se pierda el preciosismo e incluso la insidia de las frases, su veneno y su perfume, su extraña naturaleza, entre la carroña enjoyada de Baudelaire y el ascetismo de Simeón el Estilita. El teniente Jünger hablaba.

53

«Ha dicho usted lo correcto, la guerra nada tiene que ver con el bien o con el mal, y precisamente por eso ha dicho usted lo incorrecto: que eso es el mal. Muchos mortales creen que la indiferencia es el mal. Si no pueden marcar sus actos con la estampilla del bien o del mal, se desesperan y llaman a su desesperación "el mal". Es un pensamiento limitado. Para un pensamiento ilimitado, para quien pueda sostener, sin ser aplastado por ella, la verdad más verdadera, el bien y el mal colaboran en un orden superior. De manera que es inútil calificar esa colaboración; nuestra lengua no posee palabras para ese orden superior.»

Manet miraba a tu padre con el regocijo de quien asiste a un partido de frontón acompañado por un secuaz al que, de vez en cuando, envía miradas de complicidad. El teniente Jünger hablaba.

«Otra incorrección propia de un pensamiento limitado es la de considerar que la guerra aparece de pronto, fascinante y terrible, para luego dormirse o esconderse. Esto tampoco es correcto. Lo que llamamos "paz" es como lo que llamamos "bien": la cantidad de potencia que debe ponerse en el acto llamado "guerra" o "mal". La guerra es perpetua. Todo es guerra y preparación para la guerra porque no luchamos hombres contra hombres, sino, como bien ha dicho usted, aunque limitadamente, ideas contra ideas. Generaciones de hombres y mujeres son destruidos para mantener con vida a las ideas, cuya magnitud no puede medirse en tiempo humano. Las ideas forman parte del orden superior cuyos intereses nos destruyen a nosotros, los efímeros.»

«¿Lo ve usted? Ya se lo decía yo», añade Manet, dirigiéndose a tu padre. El teniente Jünger hablaba.

«Las ideas miden su combate en millones de años, en trillones de muertes. No podemos saber qué potencias resultarán vencedoras o derrotadas en el conflicto celeste, qué idea triunfal absoluta se alzará sobre el universo para anunciar el final del combate de los antiquísimos. Pero aun entonces, cuando la catástrofe cósmica anuncie el derribo de toda una sección de las ideas, aun entonces es probable que sólo dé inicio un nuevo y más elevado combate para el que ya nuestro cosmos no será sino una forma de pasado.»

Tu padre, que al comienzo había escuchado las palabras con sobresalto, buscaba ahora la figura en el fondo oscuro de la sala, para lo que movía disimuladamente el torso. Manet le dio un codazo, como exigiendo silencio. El teniente Jünger hablaba.

«En consecuencia, no debemos perder nuestra fortuna, este efímero paso por el campo de batalla, en las limitadas disputas de mercaderes avariciosos y romos ideólogos. Nuestro honor se juega en una más alta mesa, con fuerzas que superan las minúsculas construcciones de naciones, religiones, pueblos o paraísos. Las fuerzas a las que servimos son el hierro y el fuego, la descarga eléctrica y el vapor, la ingravidez y el ataque invisible. Somos los forjadores de una nueva energía de la que pocos conocen algún detalle, y cuya magnitud destructiva y constructiva (de la que, por prudencia, no debo hablar) se ha elevado hasta abarcar todo el planeta como objetivo. Llevamos en nosotros el destino de traer sobre la tierra un poder que cambiará el universo. Nosotros, los hijos de la tiniebla, como ustedes nos llaman, vamos a liberar un nuevo sol, más abrasador que un millón de soles; un ente enigmático cuya materia es, seguramente, el sistema nervioso del cosmos, y cuya forma es, sin duda, nuestro lenguaje.»

54

Desde su butaca, el señor Manet esperó unos segundos, a la manera del melómano que atiende a que se apaguen los últimos acordes antes de dar por concluida la pieza y comenzar a aplaudir.

«Nuestro querido amigo, el teniente Jünger, es un hombre optimista, como ha podido apreciar. Sin embargo, no es su optimismo lo que le ha traído hasta mi casa, ni será él quien le ilumine sobre cuál de las dos manifestaciones de mañana es la suya, amigo de Larrazábal. El teniente ha venido para animarle a llevar a cabo su proyecto de bombardeo. El señor teniente ha obtenido permiso de algún ilocalizable organismo berlinés para poner en nuestras manos un aparato de guerra.»

Tu padre era un hombre de reacciones inmediatas, equino, sin ser bruto. ¿Vio acaso en aquel personaje que se escondía en el rincón oscuro del salón un enemigo primario, inmediato, así como el pájaro ve a la serpiente, sin necesidad de estudiar zoología? No desconfiaba, tu padre; reconocía en el alemán una firmeza clara y eficaz. Por segunda vez comenzó a considerar que era posible llevar a cabo su plan, pero también reconoció que a partir de aquel momento iban a ser posibles muchas otras cosas.

«¿Y cómo pueden haber concedido este permiso, en Berlín?», preguntaría tu padre con candidez, y ante el gesto impaciente de Manet, se alarmaría.

«¿Y a usted qué más le da, de Larrazábal? ¿A qué viene usted aquí? ¿A estudiar el sistema administrativo del Reich o a comprar un hidro? ¿Cree que esto es una redacción de periódico? ¡Sea usted formal!»

Es el teniente quien corta a Manet mediante una leve admonición, y trata a tu padre con cortesía.

«No, Manet, es natural. Tiene razón en preguntar. También yo me escamaría si mi enemigo me entregara el arma con la que puedo golpearle. Vea usted, Larrazábal. El estado mayor está experimentando con ataques aéreos de muy diversa naturaleza. Los bombardeos sobre pequeñas poblaciones, por sorpresa, ensayados a pocos kilómetros de aquí, han tenido un cierto éxito. Pero ahora hacemos pruebas con ataques a poblaciones mayores de cien mil habitantes. En ese tipo de operaciones, la precisión es imposible. Queremos ahora ensayar un ataque muy exacto y puntual. Un ataque que, en pocos kilómetros y con una sola unidad de combate, tuviese un efecto terrorífico, no sobre poblaciones, sino sobre individuos. Ensayamos sobre un ejemplo ya decidido y en el caso que usted nos presenta se dan todas las circunstancias. A saber: un punto concreto, fácil de precisar, una distancia corta, un solo aparato, un río.»

«¿Y para qué ensayan un ataque tan absurdo?»

Una vez más estuvo a punto de estallar la cólera de Manet, y una vez más el teniente la redujo con un gesto brusco.

«Imagínese usted que Francia continúa hostigando a Alemania; imagínese que triunfa en Francia un gobierno bolchevique, lo que ya está a punto de suceder; imagínese que ese gobierno nos asedia con anexiones territoriales. Antes de entrar en una guerra para la cual aún no estamos preparados, querríamos neutralizar a los individuos concretos que dirigen las agresiones. Un ataque sobre París requiere un inmenso ejército, pero la destrucción puntual de un edificio parisino... La presidencia de la República, por ejemplo. Elaboramos hipótesis. También pensamos en el Támesis, naturalmente. Queremos ensayar, aquí, en Bayona, un ataque con hidro. ¿Va eso contra sus principios?»

Manet se movía inquieto en el asiento.

«No le haga caso, de Larrazábal, el teniente trata de darle argumentos militares para disimular. Su interés por el hidro es tan artístico como el mío. De ahí nació nuestra imperecedera amistad, ¿no es cierto, teniente? ¿O es que a cada cual le cuenta lo que le da la gana? Porque a mí me razonó por otro camino; el aire, el agua, el fuego, la tierra, ¿no recuerda? La colaboración de los elementos, el espectáculo total, la *gesamkunstwerk*, ¿no se acuerda?»

«Sí, claro que sí. Cada cual debe oír lo que coincide con su limitada conciencia. Los datos totales, la suma de todas las informaciones, sólo cabe en un intelecto infinito. Cada explicación es distinta, pero todas son verdaderas. El hidro es Afrodita, pero también un utensilio. Para usted es suficiente lo primero; para Larrazábal, lo segundo. Para mí todas las creaciones, actos, movimientos, destrucciones, imágenes, palabras o potencias que libera el hidro, todas sin exclusión, son el hidro. Aquello que venga al mundo por la presencia del hidro, eso es el hidro. Para usted, el hidro es su vuelo y su despegue, la toma de agua y el giro en el aire. Para Larrazábal, es un puro medio de destrucción, como un martillo. Ambos están en lo cierto... y muy lejos de la verdad. El hidro, la verdad del hidro, es todo lo que él desencadena, hasta el molusco que se incrusta en sus flotadores.»

55

Manet se había impacientado. Pero tu padre, en cambio, reposaba tranquilo con su robusto tronco recostado contra el sofá. Se encontraba bien, ya no tiritaba, su cabeza estaba despejada y limpia de nubes. Dirigiéndose hacia la oscuridad, como si hablara consigo mismo, continuó las palabras del teniente, aunque con un tono de perplejidad, como si a tu padre le penetrara en el cráneo un haz de luz desconocida.

«Y el roble, si le he entendido bien, es la carcoma

que lo vive, las hormigas que suben por su corteza, los pájaros que anidan en sus ramas, la imagen que pinta el pintor, las iniciales grabadas en el tronco, las bellotas que cada año caen al suelo, la sombra que da, ¿no es así? Pero entonces, ¿qué otra cosa es mi patria? ¿Qué otra cosa, sino eso?»

Manet se levantó sulfurado, pero la sombra se movió del invisible sillón del fondo y apareció medio recortada en la penumbra.

«Va usted por el buen camino. Es usted un hombre honrado, Larrazábal. Ahora acuerde los términos del negocio con Manet. Ya nos veremos.»

El teniente caminó hacia el pasillo, y tu padre, que sólo había tenido de él un vislumbre momentáneo, no podía decir si era más bien bajo, flaco, de cabello cano rapado, ojos claros, y una mano izquierda amputada del meñique.

A solas, Manet recuperó su gesto danunziano, de hombre bajísimo.

«Los términos son bien sencillos. Lo cierto es que sus tres millones son insuficientes, y sería inútil regresar ahora a las niñerías del millón y medio, dos millones, etc. Ya puede suponer que tengo un informe del depósito que figura a su nombre en la BNP. No me importa su prudencia, aunque me irritan sus pretensiones de astucia porque delatan a un hombre débil en el que es arriesgado confiar. ¿O cree acaso que yo no me juego nada? La operación se llevará a cabo, eso es indudable, pero la compra del aparato es perfectamente independiente de los servicios alemanes. Ellos ponen la cobertura, el equipo y la munición. Pero el aparato lo compramos usted y yo, y quedará de nuestra propiedad. Ya entiende usted que para un ensayo de esta naturaleza precisamos un hidro muy especial, ¿no es verdad? Ya se lo advertí. No haríamos feliz al teniente con cualquier trasto panzudo. Necesitamos la perfección, el ideal. ¡Y será nuestro, Larrazábal! ¡Nuestro para siempre!»

«Pues, ¿y qué haremos con él?», pregunta tu cándido padre, medio convencido de que está comprando un carrusel a medias con Manet, así de espontáneo era él, fácil de contentar y esperanzado ante cualquier ilusión.

«¡Alquilarlo! ¡Sin duda! ¿Sabe usted la cantidad de gente, muy adinerada, pero mucho, que va a tener necesidad de salir como un rayo de este país en cuanto comiencen esas agresiones francesas y esas anexiones francesas que vaticinaba el teniente? ¿Sabe usted la porción de buena pintura que van a tener que dejar en depósito, los exquisitos muebles, las excelentes joyas, estas familias, de otra parte, muy poco francesas, desarraigadas, orientales, usurarias? Lo alquilaremos una y otra vez con inmenso beneficio, y acabaremos con una flota de hidros amarrada al pie de nuestra casa. Todo ello, claro está, si me trae usted mañana, o pasado, los cinco millones.»

Sonríe tu padre con verdadera simpatía hacia Manet. Acaba de sorber su té. Está hablando, más que con un socio, con un amigo.

«Pero Manet, usted sabe que sólo tengo tres. Yo le doy esos tres millones con resignación, pero ¿cómo voy a hacer una fortuna en esta ciudad, y en dos días? O está usted de broma, o el asunto no me parece posible.»

«Sí, es cierto, usted sólo tiene tres millones, pero sus compatriotas nacionalistas están preparando una copia de las posiciones republicanas en el frente del norte, para entregársela al alto estado mayor italiano. Ahora bien, si ese informe llega a mis manos, el trato está cerrado.»

«No puedo creer ni una sola palabra de lo que dice.»

«Lo que oye, querido, lo que oye. Al general Franco le disgusta que los italianos obtengan esa información antes que él. Sobre todo porque los italianos cobran carísimos los favores. Así que si usted se hace con esos informes, antes de que sean entregados el día diecisiete, daremos por cerrado el trato. Le resultará más fácil de lo que cree, porque el mensajero que ha de entregarlos en Francia es un amigo suyo, el delicado individuo que nos presentó.»

Manet se pone en pie, dentro de lo poco en pie que podía ponerse, y desde su altiva bajeza concluye.

«Los tres millones por adelantado, en el BNP, mañana. El resto, antes de diez días. Adiós, de Larrazábal.»

Regresó al Hotel Mistral tu padre, aquella noche, muy abatido y marchito, con la caldera a medio fuelle, sin prestar atención a una bonita luna y más bonitas todavía estrellas del cielo vasco francés que el buen noreste había puesto allí un poco para él y otro poco para las brigadas de frontera que por las mugas rondaban acechando vascos que entraban y salían como conejos de uno y otro lado; entraban en Francia y salían de España, salían de Francia y entraban en España, y todo esto sin moverse de Euskadi, ¡lo que son las palabras!

En realidad, así era, para una inteligencia ilimitada, como diría el teniente; pero no tan ilimitada, la inteligencia de los guardias de fronteras, que aquella noche abatieron a dos que salían y uno que entraba, o a dos que entraban y uno que salía, según lo mire una u otra limitada inteligencia, aunque ninguno de los muertos es relevante para este relato de tu origen y de tu perfección. Tres, en cualquier caso, que quedaron allí tumbados, cara al cielo, la luna y las estrellas, y al fresco noreste venido de Suiza, antes de ser sepultados con cuatro golpes de azada y dos de pala. A uno, la cruz de palo.

CAPITULO XIII

56

Sale tu padre a las calles empinadas de adoquín fino, trampa mortal para ancianos y ancianas, en invierno, pero ahora, en este anuncio del verano, frescas y aromáticas por el musgo seco y los líquenes, la brea que llega de los embarcaderos fluviales, la muy limitada iluminación del gas, pero así y todo, niños que juegan todavía, antes de que las madres comiencen a gritar desde los ventanales, «¡Michel!» alargando la e, «¡Corinne!» alargando la i, «¡Leon!» un ladrido seco, sin prolongación.

Tu padre no ha comido nada en todo el día y ahora, al olor de los dominios familiares, de las tabernas y figones que comienzan a servir las cenas, se le abre un hambre atroz. Hambre de habas, de cochinillo al horno, de rodaballo con ajo y un chorro de vinagre, de chuletón, de espalda de cabrito, hambre de feria, de sidrería, de Tamborrada, de San Fermín, hambre instigada más por todo lo perdido que por un estómago perfectamente resignado, hambre de pasado, de la infancia con los abuelos, colosales comedores de morcillas, filetes, pies de cerdo, hambre de botellas de vino sin etiqueta, descorchadas sobre la mesa, hambre de criadas montañesas, rojas como tomates, frescas como lechugas, hambre de comerse a sus abuelos y a las criadas, y de comerse la playa de La Concha, y de comerse la iglesia de Santa María.

Con las manos en los bolsillos y sin saber a dónde va, se refugia en una cafetería para comprobar, de inmediato, que no tiene hambre, que no puede comer nada que no sean pichones con aceitunas negras y pelota de berza, en el puerto, o en Pasajes, en el escándalo de una taberna alfombrada de serrín empapado de vino y costra de cáscaras de gamba y mejillón gratinado, ¿y las tiras de grasa que el pusilánime separa en la loncha de jamón serrano?

Pero la cafetería no le ofrece nada de todo esto. Pide un vaso de vino, una porción de paté y una *baguette*. Algo le anima la fruta que ve en canastillos, las peras doradas, sobre todo, pero tu padre quiere ver esa fruta en el frutero de su casa, en el cuenco de cinco asas con guirnalda, de plata inglesa mediocre pero bien trabajada, y los lavadedos a juego, y las grandes servilletas de hilo, tan pesadas, y los apoyos para el tenedor y el cuchillo, y la campanilla que figura una pastora. Si no se la dan así, no quiere fruta.

¿Será posible que se pregunte si el amor a la patria es amor a lo más traslaticio, a las vajillas, las viandas, la cubertería, y que por eso los pobres no tienen patria? ¿Pero qué es la patria sino mis servilletas, mis melocotones y mis insoportables abuelos? ¿No es todo ello como la encina que da su sombra, sus bellotas, diferentes de la sombra y las bellotas de cualquier otra encina? ¿No es esa encina distinta de todas las restantes encinas, por muy encinas que sean todas? ¿El resultado del tacto, del olfato, de los hábitos, de las luces que se encienden a las ocho de la tarde y se apagan a las once de la noche, la patria y mi fidelidad a todo eso? ¿Un rodaballo, la patria? ¿Una campanilla de plata en forma de zagala? Y también los mercaderes de informes militares, claro está.

A su lado, un francés ebrio menea la cabeza, *Ça va pas, hein?*, y levanta su vaso en un brindis brumoso, vagamente tunecino.

Tu padre alza el vaso con emoción, *Pour la Terre!*, dice, y beben los dos muy satisfechos.

No llegó a pisar el umbral del Hotel Mistral en ese inicio de la noche, tu padre. Celebró con su borracho lo que hacía meses no podía celebrar, es decir, el regreso a San Sebastián, pasara lo que pasara, ya que todo le resultaba indiferente y sólo quería estar de nuevo allí, comer un rodaballo con los amigos, y luego, si era preciso, morir, todo le daba perfectamente igual después de lo que había oído aquella noche.

De vaso en vaso, y con el tunecino perdido ya al sexto o séptimo brindis, tu padre fue viendo con mayor claridad lo que en verdad le importaba. De manera que cuando se sorprendió mirando el hermoso cartel de madera pintada con un bergantín emblemático y la leyenda «Hotel Mistral», dio media vuelta para seguir la noche y se dio de bruces con el valeroso gudari, el pequeño de cuerpo pero audaz soldado M.O., a quien, sin transición y sin sorpresa comunicó su imperativo deseo de regresar a San Sebastián, casarse con Carmen y ser pasado por las armas.

«No puedes volver», aseguró el gudari, sosteniendo a tu padre por la cintura con la pericia de quien ha sostenido mucho herido con perforación traumática.

«¿Cómo que no puedo? ¡Ahora mismo, si me da la gana! Yo me voy.»

Pero el gudari lo arrima con cuidado a un hermoso ejemplar de castaño, lo apoya como si fuera una puerta en traslado y repite: «No puedes.»

Era abierto y sociable, tu padre, de ahí su brillante carrera diplomática, tan infructuosa para la nación vasca, y acostumbrado a prestar atención al insistente.

«Está bien. No puedo. ¿Por qué no puedo?» Y el gudari, con las manos a la espalda y la mirada clavada en los fuertes zapatos, muy sucios, por cierto, como si hubiera estado caminando por el monte, por la muga de Francia, le explica que en San Sebastián se le considera un peligroso cabecilla, jefe de un grupo de saboteadores que proyectan bombardear el cuartel de Loyola, aunque mayor es el problema que afronta en Bayona y por eso no puede escapar, porque el problema serio lo tiene en Bayona. Regresar a España, ahora, sería una cobardía.

«¿En Bayona? Pues, ¿y qué pasa en Bayona?»

Pasa que ha robado tres millones al Partido Nacionalista Vasco, cuenta mecánica, monótonamente el gudari, como si recitara una lección, imprescindibles para evacuar en buques ingleses, desde Santoña, al personal comprometido que ha quedado atrapado en Santander, y que será fusilado por la horda fascista en cuanto se derrumbe el frente, lo que está por suceder de un momento a otro.

«¿Robados? ¿Que yo he robado tres millones?», la indignación de tu honrado padre se escucha en todo el perímetro urbano y algo más lejos, pero el gudari no se inmuta: robados, aunque sin querer, porque los Larrazábal de Bilbao los habían enviado a nombre de Luis en el convencimiento de que éste actuaba en coordinación con el PNV.

«O sea, que no me los enviaban a mí, aunque me los enviaran a mí. Ya me extrañaba.»

«Así es, Luis, qué le vamos a hacer. Me tienes que dar el dinero. Yo lo entregaré mañana a los mandos para que paguen a los cabrones ingleses.»

La embriaguez, en las noches de junio, tiene un ciclo corto y anémico. Es demasiado húmedo el ambiente, se suda mucho y se mea en abundancia, como tu noble padre contra el no menos noble tronco del castaño.

«Perdona, gudari, ¿tú vas a darles ese dinero, que encima es mío, a los de Biarritz?»

«Sí, yo voy a darles ese dinero.»

«¿Y algo más?, ¿Vas a darles algúna otra cosa?»

«No te entiendo.»

«Que si llevas algo más, aparte de los millones, para esa gente. Informes militares, por ejemplo.»

El gudari levanta la cabeza y apunta las cejas disparadas contra tu padre. Tu padre agacha la cabeza para mirar de hito en hito al gudari, sin miedo a las bayonetas.

«¿Te lo ha contado Manet?»

«Me lo ha contado Manet.»

«Pues estamos listos.»

«¿Por qué estamos listos?»

«Porque eso significa que el pacto es firme y que los esbirros de Franco están detrás del tinglado.»

«¿Y por qué estamos listos?»

«Porque esos papeles no pueden llegar, de ninguna de las maneras, a manos de esos hijos de puta.»

«¿A qué hijos de puta te refieres, si puede saberse?»

«¡A todos, por san Dios, a todos! ¡Y deja de hacerte el diplomático!»

«Pues no se los des.»

El valeroso gudari sonríe. No sabe sonreír y nunca lo ha intentado en serio, con voluntad, pero tuerce la boca tal y como él supone que hacen los demás. El resultado es inquietante.

«Pero ¿tú qué te crees? ¿Que yo soy un burgués

con lecturas? ¿Un rebelde? No sabes tú lo que es un ejército, bien se ve que eres vasco, y así nos luce el pelo. ¡Claro que les daré los informes! ¡Claro que les daré el dinero! Yo obedezco, Larrazábal, y debo de ser el único que obedece en este país de chulos. Y si me mandan matarte, te mato. Vamos a tomar un vino.»

Caminan hasta cruzar el viejo Castillo, sin que pudieran decir a ciencia cierta si había algún establecimiento abierto porque ni el uno ni el otro repara en ello. Miran el empedrado, miran el cerco de las farolas con corola de polillas, miran a derecha e izquierda, escuchan sus propios pasos, únicos y recios, en la noche. Llegan hasta el puente del Espíritu Santo, regresan.

«Ahora; que tú eres un civil... Tú no tienes por qué obedecer. ¿Que te quieres gastar ese dinero en poner a volar un cacharro? Pues allá tú, es cosa de señoritos, ya lo comprendo.»

Silencio. Más pasos, más miradas al adoquinado. Silencio.

«Claro que entonces los de Biarritz no pueden pagar los fletes, y no hay negocio con los italianos. Y si no hay negocio, no hay informes.»

Más silencio. Se detienen para ver cómo cierran un enorme portalón de madera. Siguen caminando.

«Pero eso es cosa tuya, a mí no me incumbe.»

«¿Me estás diciendo que no te dé el dinero?»

«Por mi parte, desde luego, si no me das el dinero, yo te tengo que matar. Es el único modo de que los millones vuelvan a Bilbao y puedan transferirlos de nuevo. Ya me dirás, si no, con qué cara me presento. Aparte de que alguien tiene que hacer el héroe, lo mires por donde lo mires. ¡Hala, buenas noches!»

Y estaba tu padre, de nuevo, en el umbral del Hotel Mistral, y en él entró, y le dieron la llave, y subió los peldaños de madera con alfombrilla de lana verde, y entró en su cuarto, y se miró en el espejo del baño como quien mira a un amigo que debe emprender un largo viaje.

¿Pudo, entonces, oír una voz gratamente cantarina, cuyas palabras de despedida desde luego no le llegaban enteras a través del muro de su habitación, pero cuya música le empujó por un glaciar hacia un rincón del alma que él ya no creía viviente, un rincón cauterizado o dormido que ahora se despertaba y casi le dobla por la cintura, como si hubiera recibido una coz, haciéndole caer sobre la cama palpándose las mejillas?

«¿Pero estoy llorando?», se pregunta, ignorante de su propio dolor, tan intenso y repentino se le ha presentado. Pero seguramente no ha oído nada; o primero sería el dolor y luego el pensamiento, como es habitual, porque al embozarse en la cama y apagar la luz, sólo dice, «Carmenchu».

CAPITULO XIV

57

De nuevo ha girado el viento. El noroeste depone su humedad en las hojas de los plátanos y castaños, empuja hacia arriba el termómetro, trae desde Santoña, desde Bilbao, desde San Sebastián, una calicha densa y pegajosa en la que flotan dispersas partículas de piel humana, imperceptibles a la vista pero muy sensibles al olfato, aquella mañana de junio de 1937, de modo que no debe sorprenderte si quienes recuerdan la manifestación de apoyo a la República española, en Bayona, coinciden todos en afirmar que la ciudad hedía a podredumbre, o bien (los más delicados) que aquel día había zozobrado una gabarra de abastos mal estibada, y la fruta, al pudrirse en los muelles, apestaba con ese dulzón y perverso hedor que hace asfixiante la atmósfera en Estambul, por cuyas calles se pudren al aire, todos los días, varias toneladas de cáscara de sandía.

La carrera debía comenzar en la plaza de la Libertad, cruzar el río Nive por el puente de Mayou y, bordeando la ribera opuesta, volver a cruzarlo por el puente de Marengo, hasta completar un círculo. Sin embargo, los simpatizantes de la política hispano-germana-italiana habían preparado un grupo de choque con instrucciones de atacar a los manifestantes desde la ribera del Adour, impidiéndoles alcanzar el primer puente. Parecían haberse repartido las vías de agua en proporción a sus fuerzas internacionales; los republicanos tomaban para sí el discreto y sobrio Nive; los fascistas se adueñaban del poderoso Adour en cuyo brazo cargaba la ciudad, cada año, medio millón de toneladas de azufre.

La propia autoridad gubernativa estaba dividida entre funcionarios franceses que cobraban de los servicios secretos británicos, alemanes e italianos, y aquellos que no cobraban de nadie y podían permitirse ser justos y benéficos. La prefectura de policía prohibió ambas manifestaciones, la alcaldía apoyó la republicana, el consorcio comercial y bancario financió el batallón de matones, el cabildo catedralicio rezó por los fascistas, los sindicatos se partieron en dos, y así la población toda de aquella hermosa y rica ciudad se vio convertida en un remedo galante, civilizado, de la carnicería que tenía lugar unos kilómetros más al suroeste.

Tú ya estabas allí como un ser vivo más, junto a las personas, los animales, los árboles y los arbustos, cómodamente dormida en el vientre de la pequeña pero nerviosa navarra, a la cual ni su propio padre habría podido impedir la presencia en el espectáculo, dado que le asistía la certeza de encontrar a Luis en cabeza de la manifestación republicana. Y allí andabas tú, flotando como una gota de aceite sobre el conflicto y la sangre, entre cuerpos que se apretaban y se cogían fuerte del brazo, esperando la carga de los mamporreros fascistas.

Pero Luis no estaba allí y tu madre no podía saberlo, y le buscaba en las cabezas que sobresalían del gentío –porque tu padre era alto y robusto–, en los cogotes –porque el de tu padre, con dos tremendos tendones y mucha melena negra, era conspicuo–, le escuchaba en cada voz que gritaba «¡Viva la República!» –porque la mayoría de los manifestantes tenían que ser españoles aunque entre ellos muchos estaban allí para vigilar a los españoles–, y quedó transida cuando se oyó un provocador «¡gora Euskadi askatuta!» que un infiltrado soltó con el propósito de localizar separatistas. Trata de aproximarse al provocador, tu madre, y aparta a codazos a más de un peligroso informador de la gendarmería, pero no consigue abrirse paso y tú le vas pesando cada vez más, cada hora más y más. Siempre ya, vas a pesarle.

No estaba en el tumulto tu buen padre, porque a la hora en que abren los cafés ya había salido hacia el BNP con la decisión de convertirse en un héroe y la intención de ser el primero en recibir servicio bancario, e iba tan sin afeitar, tan arrugado, tan a cabeza limpia, que poco le faltó para ser arrestado por la centinela del banco, alarmados, incluso acobardados, los agentes, ante aquel infeliz con aspecto patibulario. Pero antes de dar el último paso (que le habría supuesto unas horas en la comisaría, aquel día tan agitado), da un repentino giro y entra en el café de la Monnaie, para meter algo en el cuerpo, no fuera a hacer mal papel ante el director del banco en tan delicada situación.

Hay, junto a tu padre, en la barra del café, un parroquiano bajo y rechoncho, de cabeza bermeja y mejillas cubiertas de venas rotas, el cual aventa una boina con la derecha y blande un garrote en la izquierda.

«*Faut les tuer tous, nom de Dieu! Ils vivent ici comme des nababs! Ils nous volent notre pain et se foutent de nous! De la racaille pas même chrétienne!*»

Tu padre no le dedica ni un instante de atención, sumido como se encuentra en la redacción mental del discurso que debe hacerle al bancario: «Je suis Luis Larrazábal, et j'ai l'honneur (¿por qué "honor"?, que se vaya a la mierda) et j'ai trois millions de pesetas dans vôtre banque (¿etablissement?), mais je dois les enlever (esto suena como si los robara) je dois disposer (fatal) et je dois EN disposer...», se vuelve tu padre, sonriente de la propia ocurrencia, divertido, feliz con su café con leche calentito, casi lelo de beatitud, y se encuentra con el ciudadano francés aún más bermejo, el bigote recortado y las orejas peludas, prototipo científico del *vigneron*, mirándole con ojos desorbitados y los brazos en cruz acabados en boina y garrote, uno por lado.

«Bonjour!», le dice aquel hombre amable que siempre fue tu padre, educado, urbano, y recibe un golpe seco en la cabeza que suena como el gong con que se iniciaban las inolvidables películas de la Rank. Pero no reacciona, tu padre, y no por el dolor, que apenas si ha tenido tiempo de aceptar, sino por la perplejidad, el desconcierto, la confusión, y la inmensa risa que le brota desde el cráneo herido.

«Pas bonjour?», dice estallando en una carcajada pantagruélica. De un manotazo lanza al simio contra la barra y le salta dos dientes. Sale riendo a lágrima viva, dispuesto a tratar con el director de la BNP, sucursal Bayona, como si se tratara de un ayuda de cámara.

De nuevo los gendarmes tensan los bíceps al verlo venir, pero quedan paralizados por un personaje ridículo, diminuto, de cabeza monda y barba de chivo, vestido con un *complet* azul marino y polainas grises, como si disfrutara de un buen día de febrero, quien con enérgicos aspavientos les conmina a apartarse y dar paso al loco.

«Me alegra, me alegra, me alegra, verle tan madrugador. Pero un aspecto, ya me dispensará, asqueroso, de Larrazábal. Deberíamos darnos una sesión de barbero, ¿no? ¿No quiere, no le da la gana? Como insista usted en esta dejadez va a buscarse muchas molestias, querido, no están los tiempos como para andar disfrazado de andaluz. Adelante, usted primero. Arreglemos este asunto de una vez por todas.»

58

Así fue como una parte de la fortuna de tu padre (la que a ti te habría correspondido, pensándolo bien), fue a dar a manos de un coleccionista de hidroplanos, quedando el resto (unos inmuebles en Madrid, la colección de paisajistas flamencos, varios paquetes de acciones, en fin, naderías) en poder de los católicos y nacionalistas Larrazábal de Bilbao, a quienes mal provecho les hizo, pues fueron fusilados (unos) y encarcelados (otros) el quince de septiembre de 1937, por un pelotón de boinas entreveradas de Tafalla y Vitoria, todos ellos al servicio de la nación española con mucho jugo de testículos, precisamente cuando tus tíos habían celebrado con una botella de Mumm «que todo había acabado bien, a Dios gracias». Fueron palabras de tu tío Carlos, el primero en desplomarse con una bala en el hígado y otra entre los dientes, ambas mortales, aunque lo que realmente le mató, mientras caía como entre nubes, fue el cacareo de «¡Viva el Sagrado Corazón de Jesús!» que soltó el capellán castrense a cuyo mando faenaba el pelotón, grito que cayó como un descabello en la tenue y escapadiza alma de tu sonrosado tío, el de pálida frente, tan católico cuan avaro.

Iba, sin embargo, tu padre contento porque había impedido, él solo, sin más ayuda que su inteligencia, que llegaran a manos del ejército fascista los planos con la disposición de batallones y baterías republicanos, había cortado de raíz una maniobra que habría hundido el frente, había salvado el honor de Euskadi, y, con un poco de suerte, aún le daría tiempo de bombardear el cuartel de Loyola, si lograba aguantar con vida unos días más y convencer a Manet para que aceptara un pago distinto, aunque equivalente, al de los informes militares. «No está mal. Para algo habré servido», pensaba. El gudari, ahora, debía de concederle unos días, hasta que llegara el hidro.

Estaba contento tu padre, como salvador de un frente que los facciosos no aplastaban de un manotazo casi por pereza. Frente del que ya no hacía falta obtener informes porque se habría caído a pedazos con media docena de obuses. Frente que Franco entretenía por ver si los obtusos políticos, al fin, le entregaban intactas las industrias de Bilbao. Lo que hicieron. Frente del que, en cualquier caso, recibiría Franco, no ya un informe, sino una radiografía el diecisiete de agosto de 1937. Así fue. Frente del que los vascos sólo querían salvar los dieciséis batallones que consideraban suyos, y a los demás que los zurzan. Frente del que desertaron todos los miembros del Euskadi Buru Batzar, menos tres, Ajuriaguerra, Artetxe y Unceta, el veinticuatro de agosto de 1937. Frente ya arrasado cuando los mismísimos batallones vascos ayuden a la Legión italiana a reconstruir el puente de Pontarrón para que cruce más cómodamente hacia Laredo el veintisiete de agosto de 1937. Frente fantasmal, teatro del último acto trágico, la última salvajada española, cuando el once de septiembre Franco condene a muerte a Ajuriaguerra, el negociador. Y luego a todos los demás.

Eso cree haber salvado tu padre, el frente norte y el honor de Euskadi, cree él haber abortado una jugada infame, cree él que va a poder pagar con algo a Manet. Pero ¿con qué? ¿Con su vida, quizás, pues nada vale ya y es cuestión de días caer frente al pistolón del gudari? ¿O quizás puede darle a Manet una vida a cambio? ¿Qué puede tentar a este hombre que sólo quiere hidroaviones? ¿O acaso vale algo la vida del gudari? No, el gudari no. Y así va caminando, tu padre, hacia la manifestación, sin saberlo. Ni eso, ni nada.

CAPITULO XV

59

La manifestación republicana ha llegado a la boca del puente de Mayou. ¿Mil, mil quinientas personas? Seguramente menos, pero las asambleas y manifestaciones multiplican el número. Cada individuo se desdobla, grita, agita banderas, alza el puño, canta. La abundancia de gestos y actos convierte a cada manifestante en dos y hasta en tres, como los espectadores de un concierto se elevan al cuadrado cuando aplauden o silban.

Las banderas suben y bajan, algunas se mantienen. La republicana y la francesa, aguantan. La roja, con su hoz y su martillo, sufre subidas y bajadas repentinas, acompañadas de remolinos y altercados. Unos quieren que ondee, otros, ni hablar. Tampoco la ikurriña tiene su estabilidad asegurada; se alza, pero al poco rato llega hasta ella una bandera republicana, hay intercambio de bastonazos, un teatro de polichinela. A un lado, el progresismo, la justicia social, los tribunales populares, la gorra socialista, la barba, la camisa de botón sin corbata. Al otro lado los sagrados vínculos de la sangre, la casa del padre, la gabardina inglesa, la boina impermeable, el roble de Guernika, donde, por cierto, ya no queda ni un conejo, arrasada como ha sido para permitir el avance de la ciencia polemológica germana.

Allí estáis tú y tu sofocada madre, ambas en una, a la manera de estos luchadores y sus respectivas patrias en cuya dorada entraña querrían flotar, mecidos por cánticos autóctonos y ausentes de cualquier otro vientre advenedizo. Ella pelea con un par de forzudos atletas que la estrujan sin mala intención. A su derecha, un socialista de Irún, a la izquierda un nacionalista de Fuenterrabía, entregados a una esforzada dialéctica de combate.

«¡Maricones que sois, los bolcheviques!»

«¡Tragahostias, los del PNV!»

Y en medio, tu madre, chillando fuera de sí: «¡Cabrones los dos!», sin que semejante síntesis les conmueva en lo más mínimo.

«¡Señora, ésas no son palabras!»

«¡Cabrones, digo!», pero ellos siguen tratando de alcanzarse con sus manazas de ladrillo y buen nudo piloso en los artejos.

Todavía no puedes dar patadas, que las darías, pero sí puede darlas tu madre y se las da al euskaldún, para distraerle del hechizo.

«¿Conoce usted a Luis Larrazábal?», pero el mozo no puede sufrir que una mujer le prive de su placer favorito, es decir, el odio, de modo que sigue con lo suyo.

«¡Matacuras!»

«¡Meapilas!», responde el socialista con un amago de guantazo que abre un hueco por el que tu madre se escurre.

En la boca del puente de Mayou, la banda de la porra ha formado un tapón y yacen en el suelo dos o tres caballeros calvos, uno de ellos con botoncito de la Legión de Honor en la solapa. Otros caballeros y alguna mujer gritan desde los escalones, pero no avanzan. Los de detrás empujan, pero cada vez que se pone una cabeza al alcance de las cachiporras, cae el propietario agarrándose las sienes con ambas manos. Del puente gotea una poca de sangre sobre el Nive. Tarda en diluirse el rojo subido y fluye hacia el potente Adour, donde desaparece como humo en un temporal. Los gendarmes, con sus largas y elegantes capas, sus pistolas, y sus bellas bicicletas negras apoyadas en el cruce de la avenida Bastiat, observan la paliza e intercambian deportivos comentarios con sus colegas de caballería, una escuadra completa de la Guardia Republicana.

Trata tu madre de llegar hasta el montón de cuerpos que embozan el paso del puente. De seguro que el impulsivo Luis andaba de los primeros, siempre tan vehemente, tan bobo, tan generoso, y tu pobre madre sufre pensando que puede ser uno de aquellos con la pierna sobresaliendo del puente, o quizás el próximo, porque aquí, cerca ya de los escalones, se grita más que en ningún otro lugar y es seguro que éstos son los auténticos patriotas, como Luis; sólo que casi todos gritan en francés, y es bien sabido que ni siquiera en Guipúzcoa se ha hablado nunca francés.

Pero uno de los manifestantes resbala sobre los cuerpos caídos, se balancea antes de recibir un nuevo golpe en la cabeza, vacila aturdido, y se precipita en el Nive. Los gendarmes expresan su desaprobación: «*Ah, mais ça, alors!*» Cabecean contrariados y se miran unos a otros cargándose de razón. «*As-tu vu? Il devait se laisser tomber a la riviere, ce con. Ah mais quel couillon!*», porque eso sí que no pueden permitirlo. Un cuerpo flotando en el Nive es asunto que compete a la autoridad portuaria y a la cámara de comercio. Con eso no se juega. Los cuerpos impiden la navegación, los cuerpos dificultan las maniobras de atraque, los cuerpos obturan las esclusas, los cuerpos son inadmisibles.

Los gendarmes desenfundan sus largas porras negras y avanzan a la carga contra estos manifestantes descuidados que dejan caer cuerpos humanos al río. Les ampara un fondo turbulento de pezuñas y relinchos. Pegan con mayor eficacia que los matones porque los gendarmes y la Guardia Republicana son la ley y la justicia, de manera que sus golpes vienen de muy alto y hacen mucho daño. Apalean con jovial y gimnástica eficacia los agentes del orden del país amigo y democrático. No dejarán de pegar hasta que la manifestación se disperse como un hormiguero sobre el que ha caído una cerilla ardiendo. El rastro de cuerpos caídos sigue una pista que muere en el montón de fracturados craneales del puente. Allí se palmean gendarmes y matones.

«*Salut, Jules!*»

«*Salut, Yves, comment-qu'elle va ta Pierrette?*»

«*Ta gueule, cocu!*», y así sucesivamente.

60

Cayó tu madre en el tumulto. Suelen caer las embarazadas en los tumultos, son las favoritas de los pies y de las botas que aman correr perseguidos por la fuerza pública. Un pie en los riñones, una bota en la cara. Sangre que gotea por la nariz corta y recta de tu madre. Pies y piernas que ve saltar sobre su cuerpo como un aguerrido vaquero ve saltar bisontes sobre el suyo. Recogida sobre sí, hecha un ovillo, imitándote, en cierto modo, vigila por si algún pie o bota no fuera a ser una prolongación de tu padre. Incluso ese zapato que ahora le da en los dientes y que hunde a tu madre (¿y a ti?, ¿llegan esas auroras y crepúsculos?, ¿te despiertas y duermes con ella?) en un pozo blanco, cegador, del que emerge poco a poco llevada en brazos por el arcángel san Gabriel.

No era, claro está, el arcángel san Gabriel, o bien el arcángel se expresaba de un modo inequívocamente mundano.

«¡En pie, señora! ¡No se duerma, que vienen los jodidos gabachos!»

A través de nubes o sábanas puestas a secar, ve tu madre la calle de Victor Hugo por donde va siendo empujada, o arrastrada, ¿o vuela?, lejos de los grupos en dispersión, tirada por un brazo fuerte aunque delgadísimo, como un alambre o cable del que ella cuelga hecha un harapo. Ve los soportales hermosos y dorados, el floreciente comercio que adorna las calles de la Argenterie y de la Monnaie, hasta que el ábside catedralicio, la pétrea espalda de Ste-Marie, se levanta ante sus ojos todavía turbios. Ella cree encontrarse frente a un saurio que conoció la apacible Tierra de inacabables pastos anterior al Diluvio Universal.

«¡Entrese ahí, señora, que es el único lugar seguro para el cuerpo y el alma! Y no vuelva a mezclarse con los rojos, que Dios aplasta su siembra y bendice la muerte y la destrucción cuando la cosecha es mala. Y también cuando es buena. Pero él respeta la siembra enterrada que ya apunta. De no llevar usted una chispa de Dios en su inhóspita bajura, yo mismo habría clavado mis botas en su cuello. Pero ha de vivir hasta entregar al mundo lo que no es suyo. Y luego, que ella misma elija.»

Ve tu madre en los ojos de quien así habla un filamento rojo que se caldea, y casi no puede ver nada más porque se siente empujada hacia la puerta de clavos y adivina la figura que ya se aleja a buen paso. Pero le grita: «¿Qué sabe usted? ¿Qué es lo que usted sabe de mí?»

La figura se detiene de espaldas, temblando como un caballo atacado por las moscas, moscas que, de hecho, se arremolinan en torno suyo, y gira imperceptiblemente la cabeza mientras hurga en el largo guardapolos. Pero se detiene y el mismo viento que hasta ahora ha humedecido la ciudad entera de Bayona, también se detiene y deja de soplar. Queda reseco y luminoso el espacio que separa a tu madre de la figura, hasta que, con un sobresalto, se pone de nuevo en marcha y se aleja definitivamente no sin que tu madre no alcance a oír algo parecido a un golpe seco seguido de una letanía, otro golpe y otro letanía.

CAPITULO XVI

61

En el interior de una catedral, incluso de una catedral modesta, como la de Ste-Marie, en Bayona, el desolado encuentra la generosidad de un seno y su acogedora penumbra, así como los hilos que conducen hacia la luz. ¿Es de extrañar, pues, que tu padre, perdida la fortuna y con el cráneo aún dolorido, se dejara tentar por el frescor de aquellas naves, nostálgico de su propia Santa María, la iglesia del barrio portuario de San Sebastián? ¿Te parece una extravagancia (sé sincera) que un hombre cuyo único vínculo en la ciudad extranjera era su propio y futuro asesino, penetrara conmovido en el vientre de la catedral, sobre todo dado el calor y la humedad del día, fuera o no agnóstico, como él decía?

Pues aquella mañana había promovido el cabildo un oficio litúrgico que, a su manera, respondiese desde la Iglesia y con armas infinitamente más poderosas, a la manifestación de los impíos por las calles de Bayona. El oficio tenía como propósito elevar a Jesucristo y a su Madre (Ste-Marie) el ruego de que aplastara a los catalanes y andaluces, asesinos de curas, y, subsidiariamente, que salvara a los vascos protectores de curas y monjas. Si para tal fin era mejor acabar con la República e instaurar una tiranía cebollera que de paso acabara con catalanes, andaluces y vascos, por ejemplo, ése era asunto que el cabildo dejaba al libre albedrío de Jesucristo y de su Madre.

Para que las rogativas quedaran con claridad adscritas, pero contrapuestas, al suceso callejero, el cabildo había llamado a consulta a una parte representativa de la colonia vasca en el exilio (mandos quintos y octavos del PNV), para darles autoridad en la organización externa y decorativa del acto. Los mandos se pusieron a la obra y cuando tu buen padre entró en la catedral buscando consolación y sosiego, se llevó uno de los mayores sustos de su vida.

Estaba el altar mayor flanqueado por dos impresionantes ikurriñas de cuatro metros de altura. Caían el verde, el blanco y el rojo en pliegues salomónicos a lo largo de un asta rematada en pica. Dos cirios colosales, desnudos de simbología, ardían junto a cada una de las banderas, tiñéndolas con su chisporroteo dorado. Eso fue lo primero, y aprovechó tu arruinado padre para sentarse en el último banco, no tanto por temor a caer fulminado, cuanto por la ausencia de algún otro asiento libre en el templo. Allí estaba toda la colonia vasca de Bayona con inversiones en la Gloria.

Lo segundo fue escuchar al cura, encuadernado con

la casulla de mártires, rojo sangre, recitar el kyrie y a renglón seguido, como el eco de una civilización hundida en el océano siglos atrás, la voz del diácono atronó el aire con una canción.

Olentzero guria
ezin degu ase:
bakarrik jan dizkigu
amar zerri gazte:
sayeski ta solomo
makiña bat este:
Jesús jayo dalako
kontsola zatezke.

El salvaje Olentzero, el insaciable, había devorado diez lechones e infinidad de chuletas, solomillos y vísceras, para celebrar el nacimiento de Jesús, según afirmaba el diácono.

A tu buen padre le cayeron las lágrimas incesantemente a partir de ese momento (a él, el agnóstico) y con mayor intensidad cuando, desvanecido el trueno de la canción, un coro infantil, tras un golpe de manos propinado por un hombre robusto y cargado de espaldas que gesticulaba frenético y amenazaba de vez en cuando a los angelitos, estalló en otro cántico que ocupó el gigantesco volumen de aire contenido por las naves del templo, desplazándolo para poner en su lugar un tejido de palabras megalíticas.

Olentzero juantzaigu
mendira lanera,
inten ziyuarekin
ikatz eguithera:
adithu zubenian
Jesús jayotz ela
etorrizan karrika
parte emathera

Los niños contestaban al diácono con otra estrofa milenaria. En esta ocasión, Olentzero estaba haciendo carbón en el monte cuando oyó el anuncio de los ángeles sobre el nacimiento de Jesús y bajó como un rayo para dar la buena nueva y comerse los lechones. El intercambio de estrofas siguió durante un buen rato.

Observó también tu noble y acongojado padre que en las primeras filas se habían acomodado, sobre cojines de terciopelo carmesí, algunas personalidades menores del Partido, así como la burguesía exiliada, cada cual con su sombrero de fieltro color perla sostenido sobre las rodillas, liso cabello bien peinado y limpísima esposa con mantilla negra prendida por agujas de azabache a la cabeza. Y algún niño. Venían detrás, hasta media nave, los buenos y esforzados comerciantes desplazados de sus quebraderos de cabeza con el balance, y los artesanos separados de sus herramientas y obradores, todos igualmente unidos a sus impecables esposas de larga y espesa falda para ser junio (pero ¿qué habían podido salvar aquellas gentes, y para qué?) y misal con cubiertas de nácar. Más niños. Por fin, y hasta la puerta del templo, los pobres y desamparados, gentes sin oficio ni finalidad, muchos a cabeza limpia, unos pocos con boina arrugada entre las manos, mezclados los hombres y las mujeres como si hasta allí no llegara el orden supremo que reparte la felicidad en decididas parejas genitales, pues donde la mano de la pobreza estrangula, se produce el desorden. Pero todos fraternos, junto a tu padre, cuyo aspecto, desde luego, le impedía ocupar cualquier otro asiento más avanzado de la iglesia.

¿Vio entonces, por fin, tu padre, que aquélla era, en verdad, su patria, tan lejana de la que llevó consigo a China, cuando creía que las naciones se forjan con sangre, cuando pensaba que sólo una catástrofe podía cristalizar pueblos hasta entonces desunidos o dispersos en clanes y hordas? ¿Supo al fin que su patria era traslaticia, libre de servidumbres administrativas o catastrales, exenta de personalidades e instituciones? ¿Que su patria formaba parte, no de la muerte, sino de la inteligencia entre los hombres y de su capacidad para habitar lo construido por el tiempo? ¿Se prolongaba aquella primera intuición gastronómica y festiva sobre un orden más amplio, aun cuando decididamente amoral? ¿Se dijo que el progreso técnico y la justicia social soñados en China como elementos de fortaleza patria, sólo podían conducir a lo contrario, a la disolución de los vínculos, a la selección de efectivos, a la determinación de eficacias, a la adoración de una burocracia militarizada? ¿Que eso, precisamente, iba a ser la España de Franco? ¿Que Franco se convertiría, para siempre, en el fundamento de cualquier futura nación, porque Franco sería el nombre que daría la historia a la llegada de la técnica y el progreso técnico a España? ¿Y que luego ya todas las naciones españolas tendrían que ser técnicas y progresistas, y, por lo tanto, franquistas? ¿Y que su patria, la verdadera, la que le había traído hasta allí, le había arruinado, e iba a hacer de él un héroe y un muerto, sólo podía ser tribal, eclesiástica, agraria, y, con suerte, bien pintada por turistas ingleses?

Es dudoso, porque en el sublime momento en que el cura alzaba el relampagueante cáliz con la sangre del Hijo (de Ste-Marie) se oyó un portazo y cierto revuelo entre la feligresía que le hizo volver la mirada hacia una de las naves laterales. Allí, bajo la luz de un lampadario votivo dedicado a la devoción de St Roch, se recortaba la figura de una mujer, pequeña, fuerte, bien aplomada, de cuya nariz y labio inferior goteaba sangre, menos preciosa que la del cáliz para la concurrencia, pero especialmente preciosa para tu padre, Luis Larrazábal, el fuerte.

62

En la zona selecta y distinguida produjo una imborrable sensación la entrada en luz de aquella joven (tu madre contaba veintitrés años, aún no había cumplido los veinticuatro) con el cabello recogido en un moño algo desbaratado, el trajecito verde de tirantes y escote cuadrado, las sandalias de medio tacón, y el breve collar de corales.

Antes de que la sangre monopolizara la aparición, una matrona del extremo abandonó su banco dispuesta a tomar para sí a aquella incontrolada que irrumpía sin mantilla y armando alboroto (el vino, a aquellas horas, no es infrecuente en Francia, ni en San Sebastián), decidida a ampararla en sus admirables brazos y conducirla hasta la calle, o quizás convertirla. Pero cuando, en efecto, la tomó en sus admirables brazos, recibió sobre el *blazer* azul con botones dorados dos enormes gotas rojas que además de ponerla perdida parecieron morderla porque reculó de un salto y gritó: «¡Esta mujer se muere!»

No se moría. Ni siquiera tenía conciencia de haber echado a perder un conjunto de «La Samaritaine». Tampoco tenía conciencia de estar mojando su propio escote verde. Todo el pensamiento del que tu madre aún era capaz había quedado atornillado a la figura fantasmal agorera de algo que ni ella misma aún se anunciaba con absoluta convicción (total, sólo llevaba dos faltas), es decir, tu futura irrupción. Por esta razón, y no por las que más tarde aventuraron aquellas personalidades vascas, cuando dos nuevas matronas y un caballero se aproximaron a auxiliarla y a preguntar qué le había sucedido (ningún auxiliador ahorra al auxiliado tan inútil pregunta), respondió: «Acabo de ver a Satanás.»

Volvían los caballeros su mirada hacia el altar, como buscando el permiso del oficiante, cuyo gesto impaciente venía a decirles, «Hala, hala, daos prisa, que la sangre de Cristo se está enfriando», y también las matronas se miraban estupefactas con el inicio de exaltación que produce saberse al borde de una experiencia extraterrestre, cuando fueron suave pero implacablemente apartados de la muchacha por un hombre alto, robusto, de aspecto desaseado, un mendigo al que nadie detuvo, por si las moscas, el cual, al llegar a la altura de la mujer alzó sus manos hasta descansarlas en los hombros y musitó: «Cariño, nos vamos a casa, anda», y se la llevó por la misma puerta por donde había entrado la ensangrentada.

El oficio se reemprendió con redoblados cantos, rezos, ruegos, golpes de pecho, contricciones, y aquel día comulgó incluso un empleado del consulado americano de París que se encontraba en Bayona redactando un trabajo de antropología y que no recordó ser anabaptista hasta después de ingerido el sacro alimento. «De esto, ni una palabra a Wendy», se prometió a sí mismo.

¿Los ves ahora juntos, bajando por la plaza Pasteur? ¡Qué digo! ¿Os veis los tres? ¿Le ves a él algo inclinado, como todos los hombres grandes y tímidos, y ella mirando la hirsuta cabezota barbada? ¿Guía tu madre la mano de Luis, quien trata de enjugar con un pañuelo la frente ligeramente curvada? ¿Pone ella el pañuelo más bien hacia el labio para impedir que de su boca surja una sola palabra y de paso contener la hemorragia? ¿Se dice ella, «Pero si es Luis, ¿cómo podía haber olvidado que tiene las cejas tan juntas?», a pesar de que el rictus de la boca es nuevo, «¡Qué viejo está!», pero en ningún momento, ni en la penumbra de la catedral, cuando apenas distinguía al gigantón que la tomaba por los hombros, ha dudado de estar en casa, en su casa? Y ahora, ¿se pregunta adónde la lleva? ¿Se detiene en seco? «¿A qué casa dices que vamos, Luis?»

«Nos vamos a San Sebastián», responde tu padre y la empuja para seguir adelante, como si quisiera llegar a pie, lo que no es ningún disparate pues se encuentran precisamente en la rue d'Espagne, pero tu madre, nerviosa, se detiene de nuevo, golpea con su pie el empedrado y: «¡Ni se te ocurra! ¡Si cruzas la frontera eres hombre muerto!»

«Pues vaya novedad, ¿y qué te crees que soy aquí?»

«No digas bobadas, Luis. En España estás condenado a muerte.»

«¿Y qué sabes tú de eso?»

«Me lo dijo Arrarás.»

«¡Hombre, Arrarás! Pues entonces, no hay duda.»

«¡No te burles, Luis, no te burles! Nos quedamos aquí y se acabó.»

Y tu padre, que poco sabe de mujeres pero reconoce por instinto un ataque de histeria, cede.

«Tanto me da que me maten aquí, que allá, ¿tú qué quieres hacer?»

«De momento nos vamos a mi hotel.»

«No, vamos al mío, que espero visita.»

«Ni hablar. Nos vamos al mío, te lavas, te afeitas, y luego ya veremos.»

«Tengo que ir a mi hotel, Carmen, no seas pesada, he de cambiarme y hablar con un amigo.»

«¿Qué amigo?»

«Uno que...», pero se interrumpe, tu padre, porque no puede decir: «Uno que ha de matarme y voy a pedirle que se espere un poco», así que se resigna.

«Está bien, vamos a tu hotel.»

Bajan ya más tranquilos la empinada calle y Luis, de pronto, sonríe. Ahora es él quien se detiene: «¡Carmenchu! ¡Cariño! ¿Pero qué haces tú aquí?», y la abraza con tanta afición que tu madre deja escapar un leve quejido. Luego siguen, aunque cada seis o siete pasos tu padre la mira, se detiene de nuevo y se le ilumina la cara como una bombilla.

«¡Menudo aspecto tienes! Pareces el sacamantecas», dice tu madre también sonriendo, incluso llorando, y se le abraza como una mona pequeña al mono grande. Así van, entre gentes que se vuelven a mirar a la pareja de jóvenes vagabundos impúdicos, abrazándose en plena calle, hasta que tu madre señala el cartel pintado del Hotel Mistral y afirma: «Es aquí.»

Entonces ya tu padre, estupefacto y feliz, comienza a dar saltos perfectamente impropios de un diplomático aunque sea en situación de desempleo, y baila con tu madre en medio de la calle. «¡Eres fantástica! ¡Eres única!» Luego entran en el hotel.

CAPITULO XVII

63

Mando Primero: No lo acabo de comprender. Usted me ha decepcionado. Coloca usted al Partido en una situación imposible, M.O. Y, debo añadir, no entiendo sus explicaciones. Las órdenes estaban bien claras: o el dinero, o la vida de ese desdichado. Viene usted aquí sin ninguna de ambas cosas. Yo no le entiendo a usted. Si Larrazábal no entregaba el dinero, era urgente matarlo allí mismo. ¿Por qué no impidió que Larrazábal dispusiera de esos fondos? Si se negó a devolverlos, ¿por qué no le mató? ¿Cómo justifica usted este desastre? Usted nos adeuda tres millones, M.O. Voy a tener muchas dificultades para evitarle un consejo de guerra, si es que quiero evitarlo.

Valeroso gudari: Yo no recibí esas órdenes, o al menos no las recibí tan claras como usted supone. A mí sólo me insistieron en lo del dinero.

Mando Primero: ¡Pero qué dice usted! ¿Quiere que convoque ahora mismo a Mando Segundo y procedamos a un careo?

Valeroso gudari: Cuando usted guste.

Mando Primero: ¡Es usted un cínico! ¿Pero qué le ha sucedido? Pero si yo conozco su historial al pie de la letra... No me lo explico.

Valeroso gudari: Es cierto que Mando Segundo insinuó la posibilidad de darle un tiro a Larrazábal, pero no era eso lo principal.

Mando Primero: ¡Cómo no iba a serlo! ¡Pero si nuestra última esperanza era que Larrazábal no pudiera retirar esos fondos y volvieran a Bilbao!

Valeroso gudari: No fui informado en ese sentido.

Mando Primero: ¿Sabe lo que le digo? Que usted se ha derrumbado, que ha perdido la esperanza y se siente inútil. Está usted contaminado del entreguismo que cunde entre las gentes, cuando sienten pánico. Usted tiene miedo, M.O. Y yo no voy a impedir su consejo de guerra. Está usted hundido porque hemos sido derrotados. ¡Pues sí, muy bien, hemos sido derrotados! Y ahora tratamos de salvar lo que se pueda. Estamos haciendo perder el tiempo a esos imbéciles de italianos, estamos desorientando a los fascistas que ya no saben si les vamos a entregar intacto Bilbao, estamos haciendo milagros para que no acabe todo en un mar de sangre, y usted ya se da por derrotado y libre de obedecer. Es usted un mal soldado, uno de esos que tiran el fusil y echan a correr. ¿Pero no se percata de que son las retiradas lo que permite no perder las guerras? Aquí nos estamos quemando las cejas, tratando de que Franco no lo arrase todo, que no se produzca un genocidio, y usted desobedece en medio de nuestra batalla más importante. ¿O acaso cree usted que Euskadi va a morir de esta derrota?

Valeroso gudari: Yo estoy preparado para el consejo de guerra. Entiendo sus razones.

Mando Primero: ¡Maldita sea, M.O.! ¿Le parece que me lo puedo permitir? ¿Sabe usted cuánta gente queda de su escuadra? Ayer mataron a Careaga, en la muga. ¿Qué quiere usted que haga yo? ¿Qué puedo hacer yo, señor mío?

El Mando Primero ha dejado caer la cabeza sobre la mesa con un sonoro badajazo y tiembla su espalda encorvada y vieja. El valeroso gudari está incómodo. Es cierto, tendría que haber matado a Luis. Cuando meaba. Buen tipo, pero tendría que haberlo matado. Están engañando a los italianos.

El Mando Primero levanta su cabeza empapada de sudor. Lleva un viejo cuello duro muy sucio, con el botón metálico colgando de la presilla.

Mando Primero: ¿Lleva usted un cigarro?

Valeroso gudari: Lo siento, no fumo.

El Mando Primero mira por la ventana, pero no ve nada. Está tan cubierta de polvo que parece un vidrio esmerilado. Al fondo cree adivinar el ancho mar.

Mando Primero: Está bien. A Larrazábal es preciso matarlo. Ahora más que nunca. Por apropiarse de un dinero que no es suyo, por no obedecer las órdenes del Partido, por traición, y porque si consigue poner un bombardero en San Sebastián, nos van a triturar.

Yo le ordeno, ¿me entiende bien?, yo le ordeno ejecutar a Larrazábal en el plazo más breve posible. ¿Está bien claro ahora? Que le pegue usted de tiros hasta que no le reconozca ni su madre. ¿Se ha enterado? De ese modo recobrará mi confianza.

Valeroso gudari: A las órdenes de usted.

Antes de salir y enfilar la carretera de Bayona, antes de hablarse a sí mismo sobre esta desgraciada orden que aún pende en vilo sobre su cabeza, pero que ya ha aceptado visceralmente, jurándose no volver a tener ideas propias, el valeroso gudari se vuelve por última vez hacia el cabizbajo Mando y dice:

Valeroso gudari: Yo no tengo miedo. Y menos que a nadie, a ustedes.

CAPITULO XVIII

64

Si el nueve de junio de 1937 hubieras repetido el recorrido de la manifestación tan frívolamente disuelta por los gendarmes dos días antes, pero en lugar de cruzar el puente de Mayou en dirección a lo que hoy es el Museo Vasco, te hubieras dirigido por el puente del Espíritu Santo hacia el muelle de Lesseps, habrías observado, justo antes del alba, una enorme barcaza de estrafalario e inusitado aspecto, arrastrada por dos prietos remolcadores, seguidos de cerca por una motora sin matrícula. El amarre de la barcaza se produjo con eficacia y un par de sustos debido al peso inverosímil de la carga; cuatro toneladas, quizás más. Era algo cubierto con lonas cosidas, hasta una altura de cuatro metros y más de quince de largo.

Una vez bien sujeta a los bocoys, subió a la barcaza un hombrecillo menudo, fuerte, de cabello cano, y comenzó a deshacer nudos hasta abrir un boquete por el que penetró con la agilidad de un ratón. Tras él habían subido otros dos personajes más altos y corpulentos, que respondieron con una carcajada a la exclamación *(Gott in Himmel!)* apagada por las espesas lonas impermeabilizadas.

Salió el menudo individuo con la cara congestionada por el calor y una sonrisa de entusiasmo, y comenzó a repartir abrazos. Luego saltaron todos al muelle y conversaron con los empleados, seis, que allí esperaban. Dos horas más tarde, a la proa de la barcaza se habían añadido sendas tablas de descenso, y a esa misma hora el señor Manet caminaba arriba y abajo del salón de su domicilio, estirándose la perilla y tratando de convertir en zancadas los saltos de conejo que permitían sus breves piernas. Había logrado una notable imitación de gallina perturbada.

«¡Quiero ir ya!», gritaba de vez en cuando sin dejar de moverse, convencido de la inutilidad de su petición, deseo o imperativo, y así seguía hasta un nuevo estertor comunicativo de la misma naturaleza. «¡Yo me marcho!», lo que hizo al poco rato porque una voz venida de la puerta de entrada anunció: «Manet, son las diez, ya podemos ir.»

Fue como si le hubiera caído encima un alud. Se quedó helado. «¿Ya?», preguntó tímidamente, «No, todavía no, por favor.» Pero el teniente Jünger bajaba las escaleras y Manet trotó como un mirlo, a tal velocidad que no se le veían las piernas, hasta adelantar al teniente, el cual, con elegante displicencia, le agarró por el cuello de la camisa, al paso, y lo colocó a su lado. Este bello movimiento se repitió a lo largo del camino, hasta diecisiete veces.

Cuando llegaron al muelle de Lesseps, la barcaza había desaparecido y en su lugar, como si se tratara de un insensato huevo, había quedado el enorme paquete de cuatro o cinco toneladas, milagrosamente intacto, envuelto en lonas, incomprensible, pero flotando sobre las aguas como Nuestro Señor en el lago Tiberíades.

Ni un solo paseante quedó perplejo ante aquel imponente e ingrávido bulto que se sostenía sobre el Adour como por arte de magia; hasta ese punto la población embrutecida por la barbarie urbana pierde el sentido de lo fantástico, de lo trascendente y de lo sobrehumano. Se quedan como bobos mirando un automóvil empotrado contra un anuncio de tabacos, o el agujero que producen los laboriosos picapedreros, pero pasan por delante de maravillosas apariciones sin dedicarles ni un bizqueo. Manet, en cambio, en un tris estuvo de tirarse al agua con sombrero y polainas. Una vez más, la mano del teniente enganchó como un bichero el muy sobado cuello de la camisa.

En la disputa que siguió salió a relucir el nombre de tu amado padre, varias veces y siempre con el mismo resultado por parte de Manet: «¡Que se vaya a la mierda!», aseguraba, a lo que Jünger no respondía.

Estaba el paquete flotante amarrado por un par de sogas, anclado y con tres boyas amarillas marcando su territorio o porción líquida. Manet insistía en tirar de las sogas, como atrayendo hacia sí el paquete; el te niente tiraba de Manet. Esta operación, como las anteriores, se repitió de modo mecánico un buen número de veces. Sin embargo, aun cuando Jünger debía de estar muy habituado al ejercicio de la paciencia, llegó un momento en que consideró contraproducente mantener el estoicismo, y en lugar de tirar de Manet hacia sí, le propinó un suave empujón, muy leve, imperceptible. Dos empleados salvaron de morir ahogado al pequeño intrigante, mientras Jünger observaba el salvamento con las manos cruzadas a la espalda. Un Manet chorreante y ablandado, de puntillas, ciego de ira, gritó: «¡Muy bien! ¡Vamos a buscar a ese jodido vasco!»

65

El jodido vasco había adquirido un aire de fakir rico. El afeitado resaltaba los hermosos pómulos de tu padre, quien gozó en vida, y supongo que también en muerte, de un cráneo verdaderamente bien construido, de excelente ingeniería ósea, con esas mandíbulas cenicientas que son la huella dactilar de los hombres amenazados por una calvicie prematura. La suma delgadez, la elevada estatura y una camisa muy blanca y bien planchada que tu madre había traído consigo en la maleta, persuadida de que Luis no habría dedicado el tiempo preciso al aliño personal, así como los pantalones bien sujetos por un cinturón de piel de cocodrilo –«cada vez que se me venía a la memoria aquella imagen tuya, con la corbata atada al pantalón y los aduaneros... quería, lo primero, traerte el cinto de tío Bernardo», le dijo tu madre–, habían transformado al mendigo de antes de ayer en un inglés aficionado a las técnicas del yoga.

Sentado en la butaca de la habitación n.º 34, con los visillos tirados sobre la ventana, miraba a tu madre con piedad y sorna. También ella se encontraba en plena metamorfosis, si bien en dirección opuesta a Luis, como si tratara de alcanzarle por el otro lado de la cuerda. Nariz y labios hinchados, moño que ya no había recuperado la estructura, una bata... Así y todo, tu padre creyó verla como el primer día, muchos años atrás, en la Hípica de San Sebastián. Pero también creyó verla hacia adelante, como si tuviera ante los ojos todo su futuro, la madurez, la vejez, la decrepitud de tu madre, y le parecieran buenas. Tras un día completo de mutua exploración, comenzaba el habla a recuperar territorios perdidos.

«He sido muy frívolo contigo, sólo ahora lo veo. Creo que siempre pensé en ti como en una criatura, por la gran diferencia de edad que nos separa. Pero ahora te tengo respeto. En realidad, me parece estar con un compañero de la Escuela Diplomática, "Floppy" Mendoza, por el que yo sentía mucha admiración. Y es que es muy difícil admirar a las mujeres. No te rías.»

Han discutido varias horas. El espectro de la playa de La Concha ha pasado sobre ellos rozándoles con sus frías alas, pero ahora ya no están urgidos ni atemorizados, de momento. En la discusión, unas veces se impone el criterio de Luis, regresar a España en cuanto haya acabado la faena. Otras, el criterio de tu madre, escapar a París y luego a Méjico, donde el tío de Fede les puede echar una mano.

«El tío de Fede no le echa mano más que al dinero», dice tu padre.

Pero quedarse en Bayona parece lo más peligroso, aunque Luis todavía quiere hacer saltar por los aires el cuartel de Loyola, ahora que ya está hecho el gasto. Al menos, que sirva para algo. Tiene la certeza de que a los fascistas les fastidia muchísimo un bombardeo silvestre, si no, no le habrían puesto en la lista negra.

«No vayas a perder la vida por una venganza, Luis, porque esto a mí me parece una pura venganza, y como una rabieta.»

Pero tu padre está muy firme: se queda en Bayona hasta el despegue del hidro y luego irán adonde ella quiera.

«Puede que lo veas como un sentimiento infantil, y puede que lo sea. Estas últimas semanas he cambiado mucho. No quiero vivir en lo que vaya a quedar de Euskadi, con toda aquella gente recibiendo a Franco entusiasmada. Pero yo quiero dejar allí mi recuerdo. Es algo personal. No es una venganza, es un desprecio, un salivazo.»

Tu madre se arrebuja en la bata, menea la cabeza, se levanta de la cama y va a los pies del sillón desde donde tu buen padre mira los visillos de la ventana agitados por un vientecillo mañanero.

«Pues tendrá que ser el salivazo. Y luego a Méjico.»

La frase es conclusiva, tanto que: «¿Y eso?», pregunta escamado el vasco.

«Pues que no me da la gana de que nuestro hijo sea valenciano. No es que me guste verle de charro, pero igual podemos educarle en Estados Unidos.»

«¿Pero de qué hijo estás hablando?»

«Del que viene, el de La Concha; aunque tengo noticias de que es niña.»

De no haber, en aquel momento, golpeado la puerta el conserje, es posible que tu vida hubiera sido muy distinta y quizás hoy serías valenciana, mejicana o incluso uno de esos hispanos de esmerada educación anglosajona que publican preciosas ediciones de poetas granadinos, pero el conserje dio con los nudillos en la puerta y anunció a tu padre que le esperaba una visita en el recibidor.

Hubo de repetirlo dos veces, pues no salía Luis de su atonía.

«Sí gracias, ya bajo», gritó. «¿Que viene un hijo? ¿Pero cómo que viene un hijo?»

Tu madre, la verdad, se partía de risa. Ya en la puerta, desde el quicio, a Luis también le bailaba una perpleja sonrisa.

«Pues nada, se van a enterar los del cuartel de Loyola de lo que es tener un padre. Le pondremos Ignacio. Ahora mismo vuelvo y hablamos.»

Tu madre rebusca en el bolso mientras corre a despedirse de Luis.

«¿No quieres llevarte esto?»

Luis mira la automática, la sopesa, vuelve a bailarle la risa.

«De verdad que eres fantástica, y mucho más lista que "Floppy" Mendoza.»

Se la devuelve, la besa en la frente (lo que más cerca le cae), sale, y allí se queda tu madre, encantada, y con la automática apoyada en la mejilla.

CAPITULO XIX

66

El estado de excitación de Manet había empeorado. Ahora cambiaba de humor, entonación y hasta de lengua, pues se trasladaba sobre una banda que iba del castellano-levantino al francés del Langedoc con incrustaciones toscanas, pero no voy a cansarte ya mucho más, de modo que lo traduciré todo e incluso suprimiré un soneto de Miguel Angel que berreó camino del muelle, extático y fulminado. Era imposible predecir cuándo apretaría a correr, esperándoles, luego, amostazado, unos metros más abajo agitando el sombrero para meterles prisa, o cuándo caminaría a paso de funeral, carcomido por la nostalgia o herido por la morbosa lírica danunziana.

El teniente, por el contrario, caminaba muy tranquilo y sólo se dirigía a tu padre para indicarle «a la derecha», o «por la primera bocacalle», con una amabilidad caballerosa.

Si bien al comienzo de la caminata tu sencillo padre no alcanzaba a adivinar cuál era el objeto del monólogo de Manet, considerando sucesivamente que podía estar hablando de su madre, de un monumento egipcio, una estatua ecuestre, o un aria de Bellini, sí, en cambio, tenía la certeza de que se aproximaba una dura negociación, así que atendía poco al exaltado Manet y afilaba para sí la astucia, aunque en ese dominio tu buen padre era un desastre.

Afirmaba Manet, caminando hacia atrás para poder ver las caras de tu padre y del teniente, que si bien las culturas orientales habían sobresalido por su innegable talento social y el genio para tiranías en las que ni un solo nombre propio empañaba la perfección gregaria del conjunto anónimo, los occidentales destacaban por su capacidad para trasladar el espíritu individual, el alma, a las cosas. Primero, a la piedra; luego, a la luz; más tarde, al sonido; y finalmente, a la palabra.

Aquí se produjo una carrera, y no pudieron oír el comienzo del siguiente párrafo. Para cuando le alcanzaron, Manet juraba que de todos los ingenios occidentales, y aun admirando la oscura y agresiva protuberancia verbal de los germanos (sombrerazo a Jünger), era el ingenio italiano el que sin la menor duda más lejos había llegado, y más incisivamente. Ahora bien, Italia, a pesar de su enigmática lengua toscana de imposible fonética y escritura –dada la debilidad que supone tener que hablar, pensar y escribir con un ochenta por ciento de «íes», lo que da a esa lengua y a ese pensamiento un aspecto adelgazado e histérico, como una colección de cerillas–, había sin embargo impuesto al mundo fraudes lingüísticos como Dante, Petrarca (un menestral con alma de nurse) y el Tasso, supercherías con innumerables «íes» que el mundo soportaba estólidamente. ¿Por qué? Porque el mundo, la chusma, es supersticiosa y cree que ésa es la voz de la arquitectura de Palladio, de la estatuaria de Donatello y... (pausa angustiosa con el sombrero en alto y los ojos desorbitados)... ¡y de las máquinas del ingeniero Filippo Zappata! (descarga, hundimiento de Manet, paso de tortuga).

«¿De quién?», pregunta tu padre al teniente. Pero éste le hace el clásico gesto de barrenarse la sien con el índice, cuyo significado es universal. Manet, en cambio, se detiene estupefacto y choca con él tu padre.

«¿Va usted a negar que conoce a Filippo Zappata?», y luego emprende otra veloz carrera.

El director de proyectos de los Cantieri Aeronautici e Navali Triestini, ése era Filippo Zappata. Ni más ni menos. Uno puede encomiar, ensalzar, loar, las llamadas obras maestras de la arquitectura y de la escultura, pero Zappata había logrado algo más que eso. Había que imaginarse el Moisés de Miguel Angel (aquí recitó el soneto) siempre que fuera capaz de, uno (agarrándose los dedos, como los abogados cuando resumen las razones por las que se nos ha caído el pelo), cargar hasta media tonelada de bombas; dos, alzarse del suelo por cuenta propia; tres, cubrir cuatro mil kilómetros; y, cuatro, dejar como la palma de la mano la torre de

Pisa mientras dispara por los cuernos. ¿Ha visto alguien un Moisés así? ¿Un Perseo? ¿Una villa de Palladio que haga eso? ¿Un dueto amoroso que deje como la palma de la mano la torre de Pisa? Energía, potencia, temeridad, eficacia, lucha contra las estúpidas leyes de Naturaleza, victoria sobre la esclavitud material, y, para colmo, con una envoltura visible que deja ciego. Todo eso lo había conseguido el ingeniero Filippo Zappata.

«Ahí lo tiene usted», le dijo Jünger, señalando el muelle de Lesseps. «El Cant Z 501, el célebre *cinquecento uno*, como le llaman los de la Regio Aeronautica. La verdad es que es muy hermoso.»

67

Habían quitado las lonas. El hidro se mecía sobre el agua algo picada del Adour (el leve vientecito de la mañana iba cargándose de Levante) y destellaba breves chispas al sol. El cuerpo era grácil, con una suave curva hacia el timón de cola que realzaba su elegancia. La coloración global del aparato era el gris perla, pero, como en la piel de los grandes peces, según recibiera el reflejo del agua variaba a un azul irisado con enjambres verdes, como de pupila humana. Sin embargo, el fondo del casco y los flotadores venían pintados en negro, un toque canalla que aumentaba el erotismo femenino del fuselaje con una opresiva amenaza. Los círculos negros, en el intradós del ala, sobrecargaban siniestramente esa impresión. Una breve y pícara torreta, en el morro, subrayaba como un tocado la espléndida punta de la boca, aun cuando en ella estaba dispuesta una ametralladora Breda Safat de 7'7 mm.

«No hay labio que no pueda herir», bromeó a su lado Jünger, como si hubiera leído el pensamiento de tu fascinado padre, estremecido de sensualidad a la vista de aquel cuerpo tenso, lúbrico, espléndido. Pero si uno subía la mirada desde el casco hasta el ala, que era de las denominadas «de parasol», es decir, levantada por encima del fuselaje, cubriendo cenitalmente la cabina, topaba allí con un segundo aparato incrustado, un apéndice masculino soldado mediante montantes al gran cuerpo femenino. Esta protuberancia adherida al borde de ataque del ala, un motor Isotta Fraschini «Asso» de doce cilindros, era pura potencia fálica y producía una desagradable sensación de hermafroditismo. Sobre todo en tu padre, que no era persona tolerante con las indecentes costumbres griegas y romanas sobre las que le había informado, años atrás, un tratado de filosofía platónica.

La verga estaba ahora inactiva, con su hélice tripala inmóvil, pero era turbador ver aquel impúdico escroto colonizando la nave, coronado por otra y más erizada torreta de ametralladoras. «Un monstruo», exclamó tu padre sin poderse aguantar. Manet dio un salto.

«¿Monstruo? ¿Monstruo? ¿Cree usted acaso que es

posible sobrevivir en la termitera social, entre hotentotes y psicópatas, sin ser un monstruo? Usted no sabe nada del mundo, de Larrazábal. ¿No somos los humanos una mera enfermedad mental del cosmos? Y además, ¿tiene usted los dos millones que faltan?»

Tu padre había considerado, mientras afilaba su estrategia, que podía resultar ventajoso negociar con Jünger, fuera con el fin de dividir a la pareja, fuera con la esperanza de encontrar en él mayor comprensión, así que se dirigió al teniente, y no a Manet, quien ya no dejó de interrumpir intermitentemente con su cantilena, «¿pero tiene usted los dos millones?, ¿eh?, ¿pero los tiene?, ¿eh?, ¿los tiene?», y así sucesivamente.

Dijo tu padre a Jünger: «¿Y ya podrá volar este trasto? Porque a mí me parece un poco caro, la verdad.»

«No reaccione ahora como un burgués, Larrazábal. Usted sabe muy bien que este aparato vuela y que puede hacer mucha destrucción. Mire bajo el ala, ¿no ve? Son los soportes de las bombas. Su verdadera personalidad no es el bombardeo, eso es cierto; se trata, más bien, de un aparato de reconocimiento. Pero le aseguro que se acordarán de él, si llega a San Sebastián. Había otras posibilidades, pero Manet se empecinó en que tenía que ser éste. ¿Le gusta? Va a ser suyo.»

«Gustarme, me gusta, pero cinco millones...»

«No haga usted trampa. Son tres millones. Lo otro

es aparte. ¿Que no vale ese precio? Según cómo calcule usted. Este Quinientos Uno pertenecía a una escuadrilla de las Pitiusas. Salió en misión de protección antisubmarina, pero cuando ya regresaba a la base, en Formentera, se le partió el timón y hubo de amerizar en aguas internacionales. Los primeros en localizar los cohetes de señales fueron dos buques ingleses, uno de ellos de nombre evocador, el *Basilisk.* Manet se lo ha comprado a los ingleses. Ahora, vaya usted sumando: sobornar a una fragata de Su Majestad es una de las cosas más caras que se le puedan ocurrir; pero sobornar a todas las autoridades de Bayona, eso no tiene precio. Añada usted el transporte, los pilotos, la munición, las reparaciones...»

«¡Eso no lo paga él!»

«No exagere, Larrazábal. Si usted fuera un gobierno le saldría más barato, pero a un particular... Manet no se va a enriquecer. A su manera, está de su parte. Incluso ha tenido un detalle verdaderamente tierno con usted.»

Dio Jünger una señal al técnico que se aguantaba sobre los flotadores asido a un cable, y éste arrancó las tres bandas negras que cruzaban el tercio de cola. Apareció sobre el fuselaje, como bandera de combate, la enseña verde, blanca y roja, la ikurriña.

¿Tuvo tu padre entonces y definitivamente el convencimiento de que la suerte ya estaba echada, o mejor dicho, agotada? ¿Llegó hasta él la fuente de luz que había enviado hasta entonces breves ráfagas y chispazos, desde sus distinguidos orígenes de diplomático con derecho a patria –con derecho a finca, en realidad–, hasta el destruido esteta que ahora ya podía tomar un lugar entre los perdedores, entre quienes siempre y una y otra vez han de soportar, aguantar; entre los que siempre son aplastados porque carecen de razón, de inteligencia, de bondad, de ética, de todas las virtudes que sólo adornan a los vencedores, porque carecen de organización, de técnica, de progreso, porque no tienen nada excepto sus derrotas y su mala muerte? ¿Con ellos? ¿Con los que mantienen la dignidad de las guerras? ¿Con los vencidos? ¿Con lo único respetable de cualquier victoria? Es posible, porque encarándose con Jünger y adoptando un tono protocolario que nunca antes había empleado, tu buen padre, el verdadero vasco, dijo:

«Eso sí que no. Ni soñarlo. Se lo agradezco, pero quiero que lleve la bandera de la República española. Y si no, no hay trato.»

El teniente mostró cierta sorpresa. Comprendió de inmediato que en tu padre se había producido una metamorfosis. Miró a Manet y se encogió de hombros. Manet salió de su estupor con su habitual violencia.

«¿Pero puede usted pagar, sí o no?», chilló. Tu padre, con el nuevo aplomo que acababa de ganar y con el vago recurso a la mentira que tantas vidas de derrotados salva, respondió con un tajante, indiscutible:

«Por supuesto que sí. Tengan ustedes mañana todo dispuesto para el bombardeo, que yo vendré a entregarles lo pactado. Pero hagan el favor de ponerle la bandera gubernamental.»

«Igual sería pintarle la bandera pirata», añadió con sorna Manet.

«Tal y como están las cosas, es la que más se le aproxima», respondió tu padre.

Manet y Jünger cruzaron un imperceptible intercambio de miradas.

«¿Aquí? ¿A las doce de mañana?», preguntó Manet.

Y Jünger: «Mire, Larrazábal, no haga locuras. Si necesita más días...»

Pero tu padre, imperturbable, concluyó con un despido de duelista.

«Mañana, a las doce». Y tras un breve cabezazo: «Caballeros...»

CAPITULO XX

68

¡Si tu madre le hubiera visto! Si le hubiera visto derecho como una vara, andando sin prisa, digno y definitivo, camino del hotel, liberado por fin de la artisticidad y muerto de miedo. Si tu madre le hubiera visto quizás los sucesos no se habrían torcido, o lo habrían hecho hacia otra esquina del mundo, Méjico, Valencia, si le hubiera visto, impertérrito, caminar hacia el hotel haciendo caso omiso de los gritos de Manet, cuya estridencia se hacía audible hasta la plaza Pasteur.

«¡No le creo una sola palabra, perro vasco! ¡Farsante! ¡Pero mañana volaremos y ay de usted como trate de engañarme!», y así sucesivamente, camino del hotel, dándose, de vez en cuando, un manotazo al cabello porque el viento arreciaba y arrastraba hojas secas, papeles, insectos muertos, basura.

Pero tu madre no podía verle y quizás ya no volvería a tener otra ocasión de verle, porque a la media hora de salir tu buen padre, se había presentado en el Hotel Mistral el abogado Aurelio Arrarás, macilento, ojeroso, de aspecto transido y teresiano, con ese pigmento ceniciento y violáceo que dio gloria a El Greco, y cuando tu madre abrió la puerta creyendo que Luis ya había regresado, se encontró con lo que de inmediato comprendió que era la inminencia de un temporal.

Aurelio se mantuvo en la puerta, sin cruzarla, con la mirada caída, sin contestar a la exclamación de tu madre:

«¡Pero Aurelio, no te esperaba tan pronto! Luis está bien y aún hay esperanzas de que todo se arregle. ¿Ha sucedido algo malo?», y tardó aún en mirarla porque le daba mucho miedo decir lo que tenía que decir (te lo juro) y hacer lo que había venido a hacer. Pero cuando la miró y vio su cara, la cara de tu madre, enrojeció de ira.

«¡Te ha pegado! ¡Ese bestia te ha pegado! Déjame ver. ¿Pero cómo puedes soportarlo? Te ha dejado la cara hecha un Cristo. ¡Carmen, por Dios, no es para tomarlo a risa!»

La tenía sujeta por la barbilla y sé muy bien que de haber estado Luis a su alcance, habría saltado sobre él decidido a estrangularle. Fue inútil que tu madre le contara lo sucedido en la manifestación y el milagroso encuentro, porque Aurelio, bien lo sé, no quiso aceptar ninguna razón. Que tu buen padre hubiera agredido a Carmen era un regalo providencial para sus propósitos, y a él se agarró como un náufrago. Ya nunca aceptó otra versión de los hechos. Luis había pegado a

Carmen hasta desfigurarla. Luis había pegado a Carmen. Eso lo justificaba todo.

Seguía tercamente insistiendo en su convicción una hora más tarde, en la terraza del Café des Moineaux, pero tu madre ya no le respondía, agotada.

«No tienes ninguna obligación con él, y menos aún debes cogerle miedo. Me alegro de haber venido cuando todavía puedo intervenir. Tu familia está desesperada, y me acusan a mí. Tú no has de seguir con un hombre que te va a llevar al infierno. No puedes sentirte obligada a seguirle. Yo voy a sacarte de Bayona inmediatamente. Ese hombre está acabado.»

Ni una palabra, tu madre, con el granizado de café, serena, hasta al cabo de un buen rato.

«¿Qué hora es? ¿Quieres que comamos algo? Es curioso lo fácil que se olvida una de comer cuando cada minuto cuenta, ¿verdad? Yo creo que esas gentes de allí abajo que comen tanto y hablan tanto de lo que comen, de lo que han comido y de lo que van a comer, han de estar completamente aburridas, ¿no crees? Cuanto más comen, más secas están.»

Pero Aurelio se mantiene cerrado, sin concesiones. «¡Te voy a sacar de Francia, Carmen!»

El camarero trae un cestillo con pan, mantequilla y unos huevos al plato. ¿También al camarero le llaman la atención las señales del labio y del ojo? ¿Piensa que tu bella madre es una mujer maltratada por ese canalla español que la acompaña? ¿Trata con suma antipatía al abogado porque lo toma por un rufián? ¿O es su odio ancestral contra los españoles, él, que se llama Fernandés y ha luchado años contra el poso de ajo y sofrito que aún le envenena las venas? Pues cuando al fin tu madre, harta de escuchar las imprecaciones de Aurelio, golpea la mesa con el tenedor y grita: «¡Ya está bien! ¡Me estás hartando! No sólo no me ha pegado, sino que me voy con él a donde sea. Y me voy con él porque es mío, y porque estoy preñada, y porque el hijo, o hija, es suyo», encarándose con el atónito Aurelio, en ese mismo momento Robert Fernandés se aproxima a la mesa con hipos de gallo y pregunta a tu madre si puede ayudarla y si tiene algún problema. Tu madre, que ni siquiera le atiende, pide un café. A Robert eso le parece poco. Aurelio insiste: «¡Un café!» Pero Robert no se mueve y mira a tu madre con intención.

«Vámonos de aquí, Carmen, tengo que hablar contigo muy seriamente. Vamos a un lugar tranquilo. ¿Cuánto le debo?» Y se levanta.

Robert entra en la cafetería y sale acompañado del amo, hombre atlético, vestido con camiseta marinera que le marca los pechos, cabeza rapada, mostacho, el amo, un amo francés. Muy moreno. Robert se parapeta detrás del amo y le jalea.

«¿Qué pasa aquí?» (*«qu'est-ce qui se passe?»*).

«¿Aquí? Nada. Que hemos pedido la cuenta» (*«l'addition»*).

«¿Le está molestando este hombre, señorita?» (*«type»*).

Pero tu madre no entiende una sola palabra de francés.

«¿Molestarla? ¿Y por qué habría yo de molestarla?»

«Estoy hablando con la señorita» («*mademoiselle*»).

«Ya, pero ella no sabe francés.»

Tu madre, que no comprende nada, pero se encuentra muy violenta, se levanta enojada.

«¡Vámonos de aquí!»

«¿Se va con él, señorita?»

«¿Quiere usted hacer el favor de cobrarme de una vez?»

«¡Estos españoles son gilipollas!» («*couillons*»).

«¿Cómo dice?»

«Anda, Robert, cóbrales y que se vayan a la mierda» («*faire foutre*»).

Robert acaba cobrando, abatido, avergonzado por el ridículo papel que hacen los españoles en Francia. «Habría que enviarlos a todos a su casa» («*chez eux*»), dice contando las monedas.

Muy nervioso está Aurelio por el asunto del café, por la irritación de Carmen, quien ya ha amenazado dos veces con volverse al hotel, «porque Luis está al llegar», y por lo que ahora va a decir, y dice:

«Mira, Carmen, yo he regresado antes porque tengo que decirte algo muy importante. Que estés embarazada, aún lo hace más urgente.»

Se han detenido en la rue Bernede, cerca del

puente de Mayou. Aurelio está de un color cerúleo por fuera, pero también por dentro.

«Carmen, te ruego que no te pongas histérica. Van a matar a Luis.»

Tu madre no se pone histérica. «Ya lo sé, me lo ha dicho él mismo.»

«¿Qué te ha dicho?»

«Que seguramente podrá llegar a un acuerdo y escapar. Resulta que el asesino es amigo suyo.»

Aurelio está desconcertado. «¿De qué amigo me estás hablando?»

«Bueno, no sé cómo se llama, es uno de esos separatistas.»

«¿Y por qué quieren matarle los separatistas?»

Tu madre, ahora, sufre un vacío repentino. Se le ha congelado la petulante sonrisa y abre las manos y las agita delante de la cara del abogado.

«¿Pero de quién estás tú hablando, Aurelio? ¿Pero cuánta gente quiere asesinar a Luis? ¡Pero si no ha hecho nada! Comprendería que te pegaran de tiros a ti, pero ¿a él?»

Tu madre, en efecto, está histérica. Otra hora le lleva a Aurelio convencerla de que el esbirro que han enviado los fascistas es un hombre mucho más peligroso que el de los separatistas, porque no hace negocios, ni pactos, ni acuerdos, y sólo obedece a un Señor que nunca muere.

«¡Entonces ha de huir ahora mismo! ¡Ayúdame a buscarle, Aurelio!» Pero ya no es posible huir.

«Este criminal, Carmen, está pegado a tu marido desde hace días. Le matará cuando quiera y donde quiera. Si todavía no lo ha hecho es porque no tiene prisa. Pero Luis está muerto. No puede huir. Es como si ya estuviera muerto. No debes volver a verle. Has de comprenderlo y actuar en consecuencia. Está muerto.»

Se debate tu madre fuera de sí, y trata de correr hacia el hotel. Aurelio la persigue. Sube ella la pendiente de adoquín, resbalando, y detrás sigue Aurelio. La alcanza por un hombro y la retiene. Los ciudadanos observan el espectáculo con temor y vergüenza. Desde que han llegado los refugiados españoles, estas desagradables escenas son cotidianas. Antes no eran frecuentes más que entre gente de la mala vida. Aurelio sujeta a tu madre por un brazo, y ella llora y grita.

«Carmen, has de volver conmigo a España, has de venir conmigo. Luis está muerto. Tendremos el hijo y lo salvaremos. ¿No lo entiendes? Luis está muerto.»

Robert Fernandés, su amo y un gendarme sin desmontar de la bicicleta, cuñado del primero, observan la disputa desde la terraza del café. «Ya están ahí otra vez. ¡Qué vergüenza!», comenta Robert.

Tu madre parece sosegarse, baja los brazos y mira, desquiciada, a Aurelio.

«¿Que vamos a tener un hijo? ¿Tú y yo?

Aurelio se mesa el cabello, muy despeinado por la carrera y por el Levante, que ya sopla fuerte.

«Si tú quieres, sí. Es lo mejor para ti y para el niño.

Yo seré su padre, si me dejas. Nunca le diremos nada de Luis. Anda, sécate los mocos.»

Abre tu madre el bolso para buscar el pañuelo, pero lo que encuentra es la automática y con la sencillez de quien ofrece un cigarrillo, apunta a Aurelio y hace fuego.

El tiro sale completamente desviado por el retroceso, pero Robert, su amo y el gendarme acuden arremangándose, satisfechísimos. Media hora más tarde, en la comisaría de la calle Marengo, Aurelio Arrarás habla con el comisario, habla por teléfono, habla de nuevo con el comisario, habla de nuevo por teléfono, le pasa el teléfono al comisario y llegan a un acuerdo sobre el destino de tu desarbolada madre, el cual te incluye y por eso te lo cuento, aunque sé muy bien lo doloroso que ha de ser para ti recibir esta verdadera historia precisamente de mis manos; pero todos hemos pasado por el dolor.

Tu madre no estaba en condiciones de hacer nada, y tardaría en volver a estar en condiciones de hacer cualquier cosa. Descansaba tendida sobre un banco del despacho, en la Prefectura, a la espera de más calmantes. Subía y bajaba su fuerte pecho, y gemía en sueños. Despertó, aunque sólo a medias y para volverse a dormir de inmediato (y así estuvo muchas semanas, como si no quisiera despertar ya nunca, y con razón, pues cuando despertó del todo aún fue peor), en una camioneta del ejército español, el diez de junio de 1937, a la altura de Fuenterrabía, y ya no volvió a hacer nada, excepto parirte. Y luego ya nada más, nunca nada más, ni contigo ni conmigo, ni con nadie, nada. Así fue.

¿No puedes comprenderlo? ¿Tan distinto era el tiempo de guerra? ¿Estaba equivocado el teniente cuando decía que la paz y la guerra colaboran la una con la otra, como la inspiración y la espiración, como la sístole y la diástole? ¿Tendrá la guerra un privilegio de libertad sobre la paz? ¿Quizás lo extremoso y lo audaz y lo disparatado sólo es potente y fructífero en tiempo de guerra? Sí, yo te digo que son más libres las gentes en guerra porque es más verdadera nuestra naturaleza en tiempo de guerra. En los tiempos de paz nos confiamos y creemos que nuestra vida depende de minúsculas querellas sobre propiedades y triunfos, ínfimos combates de la distinción. Es en tiempo de paz cuando la hez se pavonea y ocupa todo el escenario y se distingue hasta hacerse insoportable. Entonces vuelve la guerra y los barre como el viento, neutral e implacable. El viento que quiebra las ramas viejas del árbol que aún puede crecer. Y al que ya no puede crecer, lo arranca de cuajo.

CAPITULO XXI

68

Pero tampoco pudo tu buen padre contar a tu madre lo sucedido, ni compartir con ella la angustia de las próximas horas, la inquietud del incierto mañana, cuando iba a jugarse (y perder) la última mano de la partida. Ella no estaba en el Hotel Mistral. El conserje, con voz maullante, insistió en que no podía informarle de nada. Se encogía de hombros y negaba con la cabeza, el conserje, los ojos clavados en el libro de inscripciones del que pasaba páginas con sumo cuidado, como si se tratara de un manuscrito miniado. «*Non monsieur, non monsieur.*» Musical. No la había visto entrar, ni tampoco salir. Si la señora no estaba en la habitación es que habría salido, evidentemente, porque si no, estaría en la habitación, pero él no la había visto salir. Si había salido, seguramente volvería. Pero él no podía decir cuándo, ¿cómo iba él a adivinar las costumbres de la señora? Y así sucesivamente.

Primeras horas de espera, sólo inquietas. Luego, asfixiantes. Carreras a la antigua habitación de tu madre, que ya había sido anulada, por si pudiera darse un despiste. Regreso a la habitación de tu padre, confiando en que, ahora sí, allí estaría Carmen esperando. Acaba de llegar. Ha llegado. Absurdo. Saltos al más mínimo ruido en el pasillo, el oído casi destripado por su afán de cazar los menores rumores. Alegría explosiva cuando llaman a la puerta. Decepción, «perdone, me he equivocado», hundimiento.

La búsqueda incierta, de calle en calle, sólo para poder soportar la espera, pues es más fácil respirar al aire libre que en el cuartucho. Hacia la catedral, calle arriba; hacia el Adour, calle abajo. Escudriñando entre la gente, como tu propia madre tan pocas horas antes, y tan lejanas. La aplastante sensación de impotencia. ¿Por qué una simple desaparición de la vista se convierte en extinción? ¿Cómo puede materializarse alguien que no existe? La premonición de que la ausencia es definitiva. El terror.

Regreso apresurado al hotel, casi seguro de que ella ya está allí, pero también aniquiladoramente convencido de que no va a estar. El conserje confirma que ha habido noticias y a tu padre se le sube el corazón a la boca. No ha dicho «la señora está arriba», ha dicho que ha habido noticias, o novedades («*nouvelles*»). No sabe si quiere oírlas, pero las oye, aunque opta por no escucharlas realmente hasta al cabo de unos minutos. La señora se ha ido a España. ¿Cómo dice? Ha salido de Francia rumbo a España. ¿A España? Estuvo aquí, en su ausencia, para recoger el maletín y liquidar la factura. Todo está pagado, ¿Va a quedarse Luis? ¿Debe guardarle la habitación?

A tu padre se le ha hundido la parte más frágil del cerebro, la que ya a duras penas se sostenía. ¿No ha dejado ninguna nota, ninguna carta? No señor, dice el conserje girando suavemente la cabeza, como un buda; el mismo conserje que informa regularmente sobre los movimientos de Luis y sobre las visitas de Luis; el mismo conserje que avisó esta mañana, cuando salió del hotel en compañía de Jünger y Manet, para que Aurelio acudiera a hablar con Carmen; el que avisó de su más reciente salida a la calle, huyendo de la asfixia, para que la policía pudiera recoger el equipaje de tu madre; el que ahora toma el teléfono de nuevo para informar de que Luis ha salido del hotel con aspecto demente, sin confirmar si se queda o se va. ¿Tiene que guardar la habitación?

Camina por los bulevares, camina por las avenidas, camina por las callejuelas sin atender al fuerte viento de Levante que le ciega en las esquinas con un latigazo de polvo y hojas trituradas. Un vaho abrasador le deja la boca como papel de lija y empapa su cuerpo con un sudor oleaginoso. El viento fluye por la ciudad cuando cae la noche y los faroleros van dando lumbre con sus pértigas. Ciudad progresivamente desierta, silenciosa y fantasmal.

Luis continúa corriendo de un lugar a otro, la cabeza ya derrumbada, mojado como en plena lluvia. Recuerda el océano de polvo, su China de montes desmenuzados por vientos tenaces que han arañado durante millones de años cualquier emergencia del terreno. Piensa en la nivelación que el feroz viento impone, y que unos a otros nos imponemos. Piensa también que él ha sido arrasado. Y vuelve a pasar por delante de la catedral, por tercera o quinta vez. Y vuelve a recorrer siempre las mismas calles, en círculo, mientras, poco a poco, se vacían de transeúntes. Canturrea una canción infantil.

Al final de la avenida de Martres ve una figura con las piernas abiertas, recortada sobre la luz amarillo verdosa de la farola. ¿Puede ser él? ¿Puede ser el gudari? Corre hacia allí tu padre con la esperanza de recibir un tiro en la frente y ser detenido como un pato, en pleno vuelo, desvencijado. Pero la figura desaparece y Luis la busca girando furioso la cabeza hacia un lado y hacia el otro.

El viento trae un polvo tan espeso que las calles iluminadas aparecen borrosas como en los peores días de niebla invernal. Estas calles desiertas le devuelven, a tu padre, a tu desnortado padre, el recuerdo desolado de los vuelos nocturnos; focos amarillos en las pistas, jirones de niebla, rateo de los motores. Corre de nuevo, ya rendido, arrastrando el pesado cuerpo con zancadas irregulares de rodilla quebrada. Y al fin cae al suelo.

Ahora ve de nuevo la figura en el puente del Génie. Se incorpora y corre hacia la sombra recortada por el gas amarillo, centrada en un círculo de luz. Pero sobre el puente no hay nadie, ni nada. De nuevo trata de correr, como si deseara hacer estallar el corazón, o quemar los pulmones, pero tropieza y cae a los dos o tres pasos. La máquina ya no bombea sangre, ya no la oxida, apenas la filtra. Desde el suelo observa la pieza de loza esmaltada, con el nombre de la calle, «rue d'Espagne». Ríe con una risa que no es suya y cuyo eco, en la noche, le aterra.

¿Se ha acabado? ¿No podrá consultar con ella? ¿Nunca más? ¿No discutirán estratagemas para engañar al valeroso gudari? ¿Cómo podemos escapar? ¿Se te ocurre a ti algo? Y tu padre habla con Carmen largo tiempo, sentado en el suelo, como un borracho que delira en la noche. ¿Puedes darme algún consejo? ¿Adónde quieres que vayamos? ¿Vamos a vivirlo todo juntos, la vida y la muerte? ¿Qué nombre le daremos? ¿Salimos a cenar fuera? ¿Qué te vas a poner? ¿Adónde iremos a veranear este año? ¿Me das un beso? ¿Me has lavado los calcetines? ¿Qué te voy a comprar estas navidades? ¿Te gusta cuando te hago esto? ¿Ya te han salido arrugas? ¿Me perdonas? ¿Quieres morirte conmigo? ¿Quieres que seamos iguales? ¿Siempre nos haremos compañía? ¿Hasta la hora de la muerte? ¿Y luego?

El último hachazo cae sobre tu padre, pero ya no le duele. Sólo advierte el golpe por la repentina intensidad de la luz y un olor ácido que penetra por sus narices. Ahora ya lo sabe. Se ha quedado solo, porque tiene que morir. Y ve gran justicia en que así sea. Que él muera, pero ella, en cambio, no. Tu padre había aceptado, por fin, su destrucción.

73

Que tu padre iba a morir, bien lo sabe el gudari. Tiene sobre la mesa el pistolón y mira por la ventana el agitado penacho de la acacia. Mira sin ver la noche, a oscuras en la habitación, fumando picadura, él, que nunca antes había fumado, y por eso se le apaga mientras vigila el halo irisado del foco de su hotel. El viento barre los insectos; no hay polillas esta noche bailando su extraña danza suicida. ¿Tan violenta es la descarga de la luz sobre esos ínfimos bichos, como para darse la muerte por ella? ¿Qué emoción pueden sentir, si apenas son un poco más que vegetales? Sólo un poco más de calor y movimiento que los vegetales, y ya eligen su aniquilación por la luz, por esa fuerza que para ellos es inefable. Una llama. Alegría de un pueblo entero que eligiera su hecatombe, a la luz desconocida. Giros enajenados de las poblaciones, ante la llama. Homenaje de las masas danzantes, asándose al calor de una nueva luz. Hasta que otra luz distrae a las masas y presenta una muerte todavía más cegadora. Entonces las masas se desvían y acuden a matarse por millones ante la nueva luz.

Mejor eso, que las muertes goteadas, una a una; refinadamente elegidas cada una de las muertes, particular, como una obra de arte. Ahora, Luis; días más tarde, él mismo. Eso piensa, pero no consigue conmoverse. Está frío, inerte, indiferente. Enciende otro cigarro. Los ha dispuesto sobre la mesa, al tresbolillo con las balas; un cigarro liado, una bala. Cada vez que enciende un cigarro, introduce una bala en el cargador. Hasta el amanecer. Todos los cigarros consumidos, menos uno que pende, apagado, de su labio. Todas las balas en el cargador. Cuando apunta el sol, se dice que él es tan sólo un brazo mecánico que envía la luz cegadora, para matarnos uno a uno. El es sólo un fragmento de esa luz.

69

También transcurre la noche para el cura de Noain, pero, a diferencia del gudari, hombre ocular, el cura la ha pasado atento por el oído, no por la vista. Un hombre de Dios sabe que el oído es preferible a la vista, porque los ciegos reciben la voz de Dios, pero los sordos se condenan sin remedio. Es el infierno un antro de sordos en donde no suena el más mínimo chasquido y el mismísimo crujir de dientes tritura los molares y los colmillos en el más desesperante silencio.

Para el cura de Noain ha estado hablando el viento toda la noche. Desde el suelo, en donde acostumbra a dormir, bajo la cama, ha estado atento a la voz de Dios que suena para él, constantemente. La lleva dentro del cráneo, como el espacio hueco de una cueva, y todo el cosmos es, para él, del tamaño de sus sesos. Allí dentro, en armónicos semicírculos, se distribuyen planetas y estrellas, soles y galaxias, ángeles, arcángeles, potestades, hostiarios, tronos, dominaciones, querubines y serafines. Sobre los semicírculos de colores vivos y complementarios, el surtidor ígneo que mantiene la vida de lo mortal y de lo inmortal, quema con potencia indescriptible. El fuego supremo, unidad de todas las cosas, fuente y sumidero de las infinitas combinaciones formales, arde con una atronadora catarata de armónicos. Y todo eso lo tiene él encerrado dentro del cráneo.

Un muy debilitado eco llega hasta la Tierra y la mantiene viva y en perpetua transformación. Del eco terrestre brota un acorde macizo, colosal, a través del viento. El acorde dice que todo está unido y que no puede haber resquicio para la diferencia. Cualquier emergencia sobre la plana y desértica igualdad, debe ser arrasada.

Así que también el cura de Noain es un emisario y un apéndice de la construcción universal. Pero, a diferencia del valeroso gudari, el fuego cegador lo lleva el señor cura dentro del cráneo, y no fuera. Pero es el mismo fuego. Gira el viento desértico de su cerebro arrasando cualquier diferencia. El viento de Dios llega desde los desiertos de Judea, y en su ira ve atropellarse a los grandes reyes, Ahab, Yoroboam, Ozías, Rehabam, Abiyya, Nadab, Zimri, Ahazyahu, Zakaryahu; y también los híspidos profetas, Baruk, Oseas, Yoel, Abdías, Habaquq, Ageo y el último y más misterioso, Malaquías. Oye sus palabras el cura de Noain:

«He aquí que viene el día abrasador como un horno

y serán todos los ufanos y malvados, como una paja; el día que va a llegar les consumirá. Pero para ti, que temes mi nombre, se alzará el sol de la Justicia y saldrás piafando como semental del establo y aplastarás a los malvados y serán ceniza bajo tus cascos.»

También las víctimas forman un torrente rojo que chupan las arenas del desierto celeste. Así se cierra el anillo del Ser en su Unidad y se mantiene la Voluntad de ojos vendados atada a la noria del universo, eternamente. O hasta que lo decida el cura de Noain.

«Yo soy el brazo de la Caridad», se dice a sí mismo. «Yo soy el muñidor del Paráclito y con su luz abro los surcos del tiempo. El gusano me bendice. Yo soy la vida.»

Y cuando despunta el sol terroso, envuelto en polvo, abre la ventana y grita, «¡Aparta, ídolo!», encañonándole con su pistola.

CAPITULO XXII

70

A primera hora de la mañana del diez de junio de 1937, tres meses antes de que Franco dé por concluida la partida y mande fusilar a Ajuriaguerra y restantes negociadores, parecía amainar el Levante y las familias burguesas de Bayona, de San Juan de Luz, de Biarritz, se preparaban para la excursión del día, a las riberas del Adour o a las playas cantábricas. Algún atleta, en bañador, calentaba los músculos con flexiones de piernas y aspavientos. Pero el tiempo no acababa de decidirse y sin previo aviso el Levante daba bufidos que levantaban las faldas y hacían volar por los aires el sombrero de jipijapa. Más de un ciclista se precipitaba contra los plátanos de la carretera de Burdeos, al recibir de cara un latigazo seco. En las esquinas de Bayona se formaban ligeras columnitas de polvo que ascendían hasta los tejados de pizarra en finas espirales. Efímeras, pero si alcanzaban a un transeúnte, lo doblaban como si le golpearan en el diafragma, y allí lo abandonaban restregándose los ojos, con el cabello cubierto de inmundicias. El polen, las esporas, los amasijos de pelo, las cáscaras de insecto muerto, la invisible basura de junio se apelmazaba hasta formar perdigones que herían al paseante y provocaban el llanto entre los niños vestidos de marinerito. Todo esto en la ciudad de Bayona, el diez de junio de 1937.

En el muelle de Lesseps centelleaban las tres torretas del hidro y el reflejo del fuselaje sobre el Adour sólo de vez en cuando se disolvía en miles de puntos, a la manera de Seurat. El triple círculo concéntrico republicano, con el morado como dominante, había substituido al rectángulo de Euskadi, con dominante verde. El color de la penitencia se imponía sobre el color de la inmadurez.

Los pilotos, ambos de nacionalidad alemana, habían montado dos bombas en los soportes del intradós del ala, cada una de doscientos kilos de peso. Pero este detalle pasaba inadvertido a los críos y sus madres; los únicos que mostraban alguna curiosidad por la bella e inquietante máquina. Una pareja de policías enviados por la Prefectura se aburría a la vuelta de la calle de Santa Ursula. Las gaviotas giraban suave y elegantemente sobre el (¿o debo decir «la»?) Z 501, atraídas por alguna ancestral remembranza marinera, como si trataran de emparentar la extraña embarcación o raro anfibio o quizás cetáceo, con lo visto y olido en el mar. Pero la naturaleza híbrida y engañosa del aparato acababa por producirles honda repugnancia y batían las alas con desprecio y escándalo, al tiempo que lanzaban su carga de guano. Los técnicos blasfemaban y volvían a hacer equilibrios en los flotadores, o a horcajadas sobre el fuselaje, o trepaban por los montantes, para limpiar de excrementos la brillante superficie de contraplaqué.

Podía engañar a los hombres, pero no a las aves, aquel híbrido de lo acuático y lo aéreo, cuyo cuerpo femenino y lúbrico, soportaba un falo mostrenco a la altura del cerebro. Las asqueadas gaviotas se alejaban con el disgusto de haber visto a Helena de Troya con bigote y verga. Sencillas, las gaviotas.

Discurrían los aviadores sobre las posibilidades de la misión, la cual, en verdad, no representaba ningún peligro. Contaban llegar hasta San Sebastián desde el mar, por la precariedad de las baterías antiaéreas de los nacionales, para quienes ese puerto ya no presentaba problemas de defensa dado el lamentable desorden de la fuerza aérea republicana. El mar, por otra parte, era suyo.

Comentaban los aviadores, sin embargo, el peligroso despegue, que iba a hacerse a favor de la corriente, hacia el estuario –a contracorriente era imposible porque se interponía el puente del Espíritu Santo, bajo cuyo ojo era arriesgado pasar–, y recordaban el accidente sufrido por otro de los Quinientos Uno, en Pollensa, cuando al irse al aire tropezó con la arboladura de un buque del Monopolio de Tabacos. Pero Manet juraba que la Junta del puerto había hecho retirar todas las embarcaciones hasta un kilómetro en dirección al mar.

Que el viento se mantuviera de Levante favorecía la maniobra, aunque les inquietaban las ráfagas. De otra parte, si bien el viento ayudaba en el viaje de ida, podía ser un engorro para tomar agua en el viaje de regreso.

Hacia las once llegaron Manet y el teniente. El pigmeo se había trajeado considerablemente, como para una boda. A pesar del calor, que ya a esa hora era notable, calzaba guantes amarillos con pespunte tabaco, bastón de empuñadura labrada, corbata con aguja de perla, polainas grises y un bombín inglés por completo inadecuado. En severo contraste, Jünger vestía un pullover bretón de algodón azul con ancla roja bordada sobre el hombro. Iba descubierto y se le veía preocupado. Manet, por el contrario, exultaba y no paraba de cacarear.

«¿Qué puede traernos a cambio? ¿Qué, qué, qué? Ese hombre es un farsante, Jünger. No sé qué vamos a hacer con él. Es un disparatado. ¡Bueno! ¡Es un español! Los españoles se matan por sus "identidades" y por sus "diferencias", pero para cualquier europeo, toda esa gente son la misma cosa. Para cualquier persona refinada, educada, culta y progresiva, todos lo mismo. Calientes como moros, avariciosos como judíos, estúpidos como celtas y sucios como gitanos. Eso es lo que son. Lo más impuro del continente. La cloaca de Europa. Tenéis que tomar medidas, Jünger. Medidas drásticas.»

Pero Jünger no responde. Mira el Z 501 con pupila

adiestrada en superficies. Observa que el viento es irregular, como si tuviera problemas digestivos. Manet continuaba su soflama, gesticulando con el bastón.

«Allí se ha mezclado todo con todo. Ni clases sociales tienen. ¿Un aristócrata español? Un rufián francés. ¿Un burgués español? Un labriego polaco. ¿Un proletario español? Un infrahombre del zoco. Lo único que hacen con eficacia es matarse. Europa debe arrasar la Península y luego poblarla con excedentes eslavos. Grotesco. ¡Diferencias, identidades! ¡Las que separan al piojo del chinche! Se hunden los unos a los otros en la mierda, para ver si alguno puede sacar la cabeza y respirar un poco. ¡Ni los irlandeses han conseguido mayor grado de ridículo!»

Jünger no hace caso del chirrido, pero, asqueado, le dice con displicencia: «No insista, Manet, sé perfectamente que ha nacido usted en Castellón de la Plana.» Mira el cielo, Jünger, con inquietud, y abandona al petrificado Manet para irse a despachar con los técnicos. Cuando regresa comenta con autoridad.

«No me gusta nada este viento. Estamos precipitando las cosas. Larrazábal no va a traer nada, si es que se presenta; ni dinero, ni informes. Deberíamos retrasar la operación. Es mucho el riesgo, y hay que dar un respiro a ese pobre desdichado. Vamos a dejarlo para el próximo viernes.»

Manet permanece clavado en el suelo. Algo ha cambiado definitivamente en sus relaciones con el alemán. No mueve un solo músculo y cuando habla lo hace en un tono enteramente opuesto al suyo habitual. Ahora se muestra frío, burocrático, atiplado.

«¿Qué opinan los pilotos? ¿Que pueden hacerlo? Pues entonces, que lo hagan. En este asunto usted está a mis órdenes. La operación tendrá lugar hoy mismo y hay razones de peso para ello que no me voy a molestar en discutir con usted. Ya sé que Larrazábal no va a traer nada de nada, no soy tan bobo ¿Acaso cree usted que iba yo a dejarle tan contento en Bayona? ¿El responsable del bombardeo de San Sebastián, paseándose alegremente por Francia? Larrazábal irá a dar a la cárcel hoy mismo. Eso es lo pactado con los servicios franceses.»

«¿Va usted a deportar a ese infeliz?»

«Si no trae los informes, naturalmente. Recuerde que estamos hablando del único responsable del bombardeo. Ni Francia ni Alemania han intervenido en esto. Sólo un separatista fanático. Muy peligroso. Mañana mismo ha de estar en manos de la policía española. A nadie le interesa indisponerse con Burgos.»

«¿Y si trae el dinero?»

Manet suspira y golpea la mano enguantada con el guante gemelo. Mira jactancioso hacia Jünger. Luego hacia el hidro. Luego hacia el infinito.

«Entonces, aún peor. Tendrá que morir.»

Jünger no pudo responder. Por el puente del Espíritu Santo avanzaba una figura alta, vacilante, inconfundible.

«Es Larrazábal», dijo Manet al observar que Jünger

apretaba las quijadas. Por el modo de caminar, algo extraño le sucedía a tu padre. Sus pasos eran fuertes, pero como si tantearan la tierra, a la manera de los costaleros.

«¿Qué lleva en los brazos?», preguntó Jünger.

«No puedo distinguirlo, pero tenga usted la pistola a punto, por si acaso.»

«No sea ridículo, Manet. ¿Qué va a ser? ¿Una bomba?»

Ambos se miraron con las cejas alzadas. Al instante Manet corrió a esconderse tras uno de los pilotos.

«¡Dígale que se detenga, Jünger!»

El teniente avanzó hacia tu padre moviendo los brazos y gritándole que no avanzara. «¡Voy hacia usted, Larrazábal, no se mueva!» Tu padre dio un par de pasos y se detuvo.

«¿Qué lleva usted ahí?», preguntó el teniente sin dejar de caminar.

«Lo pactado», contestó tu padre con una voz cenicienta.

¿Tuvo entonces el teniente la intención de interponerse, al llegar junto a tu padre, y aconsejarle que escapara, que huyera, que saliera del país? ¿O le venció la curiosidad que tantas veces le había conducido hasta el borde del precipicio, esa indagación constante y terca a la que entregó su vida y que le situaba en la divisoria entre lo abyecto y lo sublime, siempre a punto de convertirse en un canalla? ¿Esa curiosidad que en la próxima guerra le impulsará a convertir en obra de arte el incendio de la catedral de Reims, como si la transcripción artística de una salvajada la suprimiera? ¿Esa curiosidad que le empujará a admirar las enigmáticas curvas de un fósil en el mayor cementerio de la humanidad, rodeado de cadáveres que él mismo ha destripado, menos interesantes, para él, que la grafía geológica?

Así lo creo, porque cuando pudo ya ver a tu padre con claridad, quedó fascinado por la expresión vacía y los ojos hundidos del buen vasco, y ya sólo tuvo curiosidad por el fin de aquel hombre que había dejado de ser humano. Para el teniente, tu buen padre era ya, tan sólo, una interesante obra de arte de la muerte. «Este hombre está condenado», pensó, y por lo tanto ya no volvió a considerarlo como un ser vivo.

«¿Qué trae usted ahí, Larrazábal?», repitió en voz muy baja. Tu padre se agachó y depositó en el suelo el atadijo cubierto con hojas del *ABC*, enredado de cordeles muy deshilachados.

«Esto vale mucho más de dos millones de pesetas», afirmó tu padre. Pero hablaba desde muy lejos, sin convicción. Jünger movió las cuerdas, apartó los papeles y destapó con cuidado la cubierta de la vasija Fang-i.

«Lo conozco muy bien. Es un vaso sacrificial. Debe de tener unos tres mil años.» La panzuda vasija cubierta de ideogramas fundía su color gris plomo al cemento del suelo. El teniente se incorporó con el utensilio bajo el brazo. Tomó a tu padre por el hombro y dijo, «Vamos».

Mientras caminaban hacia Manet, un hombre bajo, fuerte, con aspecto de minero, cubierto por una gorra en cuya visera se estrellaba el agresivo cepillo de las cejas, calzado con botas militares y una pistola al cinto, se apostó detrás de uno de los galpones del muelle. De su labio inferior colgaba una colilla apagada.

«El señor Larrazábal ha cumplido su promesa. Aquí tiene usted los dos millones que le exigía.» Jünger presentó la vasija a Manet, con ambos brazos extendidos.

«¿Pero qué es esto? ¿Pretende tomarme el pelo? ¿Para qué me trae este orinal?»

«No sea usted desagradable, Manet. Es un pieza inestimable. Yo mismo se la puedo negociar en Berlín. Hay una muy similar en el museo de artes orientales de Colonia. Los de Berlín se pondrán eufóricos.»

«¿Pero qué va usted a negociar, Jünger? ¿A qué viene tanta tontería? ¿Qué voy a hacer con esta basura? Este hombre no ha cumplido lo acordado. Vaya con cuidado, Jünger...»

El teniente no le dejó acabar. Tomó a Manet por una oreja, como si se tratara con un alumno díscolo. Manet chillaba.

«Escúcheme bien. He soportado sus delirios y sus impertinencias, pero ahora va a hacerme caso porque estos pilotos no moverán un dedo sin mi permiso. El avión es suyo, pero ellos son míos. Por este orinal, como usted le llama, varios millonarios europeos estarían dispuestos a matarle. Puede convencerles de que le paguen, pero, si insiste, yo mismo me encargaré de la faena, porque a mí también me interesa mucho la vasija.»

Manet se desprendió de la garra y saltó sobre el atadijo como un simio sobre un higo.

«Guarde la pistola, Jünger, la vasija es mía. De acuerdo. Vamos con el hidro.»

71

Se dirigieron al embarcadero y Jünger dio un fuerte apretón de manos a los pilotos. ¿Había ya prescindido de tu padre? ¿Dejaba que los acontecimientos siguieran su curso, por la cruda curiosidad de observar y analizar «un final», «una extinción», una labor artística de la muerte? Los pilotos soltaron las sogas, recogieron las boyas y alzaron el ancla. El Z 501 comenzó a balancearse como un animal enjaulado que ve abrirse la puerta, pero todavía no comprende para qué sirve el hueco.

Entonces se hizo visible otra pistola, una segunda pistola, al otro extremo del galpón. No en el extremo norte, sino en el extremo sur, el más próximo al merendero de cubierta roja. Pero nadie atendía a ellos, a los dos hombres, uno a cada extremo del galpón, porque todos los ojos coincidían sobre el Z 501. Ellos, en cambio, los dos hombres, sí se habían visto. Y vigilaban. El hombre de la gorra de cuero mantenía toda su atención concentrada en aquella sombra verde que se proyectaba sobre el suelo del muelle. Y la sombra le hizo un signo. ¿Fue algo así como una invitación maligna, diabólica? ¿Una especie de «pase usted primero, por favor»? ¿Un saludo de cortesía que daba la preeminencia del disparo a quien más se lo merecía?

Los novecientos caballos del Isotta Fraschini rompieron la quietud del muelle con un estrépito ensordecedor. El bombín de Manet salió volando y tuvo que dejar la vasija en el suelo para recuperarlo. Tu padre tomó la vasija y se asió a ella con un gesto obsesivo y ausente, como si allí estuvieran guardadas las cenizas de su pasado, y también las de su futuro.

El hidro comenzó la maniobra. ¿Consideró el valeroso gudari que la mano de Dios tenía preferencia sobre la suya? ¿Vio en la malévola invitación una insinuación que podía liberar su conciencia de un peso que iba a hacerla zozobrar? ¿O más bien se convenció de que la tarea de matar a Luis era de mayor envergadura de cuanto había supuesto, y que una mano infinitamente alejada le sustituía por alguien más adecuado, alguien con una relación personal con el mal?

El gudari desistió. Desobedeció la invitación y a partir de aquel momento ya no dejó de desobedecer, pero siempre en el mismo sentido. «Que mate quien debe matar», se dijo. Tiró la colilla al suelo y reemprendió el camino del hotel, luego el de San Juan de Luz, luego el de Larrinaga, donde cayó prisionero, pero sobrevivió al penal de Burgos, sobrevivió al penal de Santoña, de donde escapó escondido en las marismas, hasta conseguir llegar a Hernani de donde huyó al valle de Mena, y así sucesivamente, desobedeciendo una y otra vez las órdenes y alcanzando a vivir hasta el día de hoy.

El robusto miembro del Z 501 se cubrió de humo y fuego al alcanzar el máximo de revoluciones y empujó al grácil fuselaje con un tirón sexual y tosco, como un animal ciego de celo que trata de encajar su verga a tientas. El estruendo era ensordecedor. Cuando el cura de Noain hizo sus dos disparos, el morro del Cant se inclinó como si una mano le sometiera agarrándole del pescuezo, y comenzó a levantar tales masas de agua que la cabina quedó a ciegas. Un latigazo de Levante inclinó imperceptiblemente el timón.

El primer disparo del cura de Noain penetró a tu padre por el ojo izquierdo. El segundo, casi inmediato, buscaba el corazón pero chocó con la vasija Fang-i. Los pilotos trataban de elevar el aparato hasta el rediente, para disponerlo al despegue, pero desde la cabina sólo veían un espeso telón de agua, consecuencia del primoroso diseño del ingeniero Filippo Zappata. Un segundo latigazo de Levante inclinó la línea de despegue apenas medio grado, algo imperceptible.

¿Alcanzó tu padre a oír el sonoro «gong» de la segunda bala con la vasija de bronce? ¿O esa parte de su cerebro había sido ya destrozada? Mientras su robusto cuerpo caía derrumbado ¿pudo al fin descifrar la ligadura que le había mantenido atado a la vasija desde el primer día en que la vio? ¿Recordó, mientras la vida se le escapaba por el ojo reventado, una visita de Baroja a la casa del abuelo Larrazábal, tu bisabuelo? Contó Baroja, en aquella ocasión, la historia del joven Iturroz, un muchacho de quince años que vigilaba los disparos de la batería de Venta Ziquín, instalada en la falda del Igueldo, desde donde los carlistas bombardeaban San Sebastián. Tu padre, entonces un niño, escuchaba la historia con arrebatado entusiasmo. Era un episodio de la guerra carlista que Baroja aseguraba haber vivido personalmente.

El hidro estaba ahora, todo él, envuelto por una inmensa nube de agua, aire y espuma. Manet y Jünger no lograban distinguir lo que sucedía, sólo podían seguir el rastro de la bola de vapor blanco que se alejaba, cada vez más acelerada, río abajo. El joven Iturroz, desde el castillo de la Mota de San Sebastián, vigilaba día y noche con un catalejo. Cuando avistaba el fogonazo de la batería carlista, tañía a toda prisa la campana, de manera que los ciudadanos, al oírla, corrían a protegerse de la granada, tendiéndose en el suelo o buscando un amparo. El joven Iturroz salvó muchas vidas con la campana, una enigmática pieza china cubierta de ideogramas que nadie pudo nunca descifrar. Según contaba Baroja, la campana desapareció, y él no volvió a verla jamás. La campana había dormido muchos años en la fantasía de tu padre, hasta despertar en un almacén chino para anudarle, sin que él lo supiera, uno de los hilos que le ataban a la Tierra. Ahora ese hilo se iba a romper.

Los pilotos habían perdido el rumbo y trataban desesperadamente de enderezarlo, pero antes de que apagaran el motor, un último taconazo de Levante precipitó el aparato contra la ribera del Adour. Cayó tu padre, entonces, de rodillas, mientras oía el campanazo repetido una y otra vez; se dobló por la cintura y comenzó a formar un charco de sangre casi negra, manando por el ojo.

El hidro, encabritado, se deslizaba por la pendiente ribereña, descarnando el pasto y arrasando la salceda como un mostruoso arado, pero pronto tropezó con uno de los flotadores, clavó el morro, capotó y se produjo la explosión del combustible. Tu padre ya estaba tendido sobre el cemento del muelle, boca arriba. Pero aún escuchaba el broncíneo «gong» alejándose por la cresta de las colinas, perdiéndose en los valles. El estallido del hidro fue el último eco de la campana, un rumor apenas audible pero amplio, extenso, más próximo a un color que a un sonido, como llega la campana, al anochecer, muy lejos, hasta los últimos labradores del pueblo. Pero antes de que la noche absoluta se cerrara sobre tu buen padre, aún pudo ver cómo las primeras estrellas formaban figuras y creyó (ésa fue su última y definitiva creencia, la que le acompañaría por toda la eternidad) que los celestes dibujaban ideogramas de la vasija Fang-i, y habiendo entrado ya en posesión de la lengua de los muertos, leyó la célebre sentencia de los guerreros esteparios: «Allí donde no puedas oír la campana, allí comienza el fin de la Tierra.»

CAPITULO XXIII

72

La bola de fuego, a unos cuatrocientos metros, iluminó el sendero del cura de Noain hacia el bosquecillo, tras el merendero de cubierta roja, en donde reposaba su motocicleta de hierro negro. Pero ni Manet ni Jünger le vieron trepar por la ladera porque ambos se estudiaban, el uno al otro, con disimulo. Estaban tan perfectamente inmóviles, petrificados, observándose de reojo, que era inevitable adivinar una última, sucia y mutua decepción. El primero en hablar, tras comprobar que Manet no salía huyendo sino que contemplaba la antorcha con los ojos entrecerrados, el primero, por lo tanto, en admitir la traición, fue Jünger.

«De manera que las bombas...»

«Nada. Huecas. Un simulacro. Pero es asunto de sus propios jefes, que conste.»

Se volvieron para comprobar cuál había sido la reacción de tu padre, ambos al mismo tiempo, con sincronización de bailarines. Pero tu padre no podía reaccionar. No manifestaron sorpresa alguna, sin embargo, ni el uno ni el otro. Manet se aproximó a la vasija y la tomó por el borde, como si fuera una rata muerta. Goteaba la espesa sangre de tu padre.

«¿Realmente es tan valiosa?», preguntó.

«No. Es una reproducción», respondió el teniente.

«Me lo figuraba.» Manet arrojó la vasija y el Adour la engulló sin una sola salpicadura.

Ni el uno ni el otro mostraron el menor interés por averiguar de dónde habían salido los disparos. Hubieran venido de unos, de otros, o de un tercero, tu padre ya estaba muerto mucho antes, varios días antes, varias veces muerto. De otra parte, ahora iban a separarse para siempre, porque si en alguna ocasión volvían a coincidir, ambos sabían que uno de los dos tenía que ser destruido; y de hecho, así fue. La traición es irreversible.

«Estos aparatos italianos son intolerables. A ver si ustedes lo hacen mejor. ¿Le llevo a algún sitio? Aquí va a acudir demasiada gente dentro de poco.»

«No, gracias. Iré por mi cuenta. Me apetece caminar. No vaya a perder el sombrero, hace un viento de muerte.»

«Espero no perderlo. Adiós, teniente.»

73

Ahora ya no puedo decirte nada más. Tengo la cabeza hueca. El viento ha soplado tan pronto de noreste como de noroeste, y ha vuelto a soplar de levante a poniente, y ha barrido ya todos mis recuerdos, todas las imágenes secas y muertas en este gélido veintiocho de noviembre de 1975, así que ya puedo morirme.

A ti te las llevan, las viejas y secas imágenes, ahora que vas a comenzar a ser vieja, aunque sigas siendo una mujer perfecta y segura de lo que defiendes y de lo que atacas; sobre todo, de lo que atacas. Pero debes aguantar tu origen y que eres hija, no de una traición, sino de una cadena de traiciones. Debes aguantar la más amarga de todas las traiciones y mentiras: la que te ha obligado a llamarte Arrarás, como si fueras el fruto de mi juventud. Tu insoportable orgullo debe ahora admitir todas las traiciones y las mentiras, incluido tu propio nombre. Vienes de la traición y de la mentira y más tarde o más temprano volverás a la traición y a la mentira.

A tu padre, el recto y buen vasco, sólo le importaban la verdad y el error, pero no la verdad y la mentira. Creyó tu buen padre que los errores pueden corregirse y que la verdad está siempre al alcance del estudioso, del justo, del instruido y del sabio. Creyó que el mal era un error, que el mal era sólo uno de los nombres de la ignorancia. Pero el enemigo de la verdad no es el error sino la mentira, una potencia tan hermosa y colosal como su irreconciliable hermana, la verdad. Tu padre se olvidó de la mentira, la gran constructora, la gran ensoñadora, y se olvidó de que los hombres vivimos sobre una tierra despiadada, insaciable, ávida y carnicera; olvidó que los hombres vivimos despreocupadamente a lomos de un tigre. Hasta que ya fue demasiado tarde y el error se había convertido en traición, y te dejó a ti como resultado de la mentira.

Has sido la perfecta hija de un padre que sólo vino a este mundo para engendrar una hija de la traición y de la mentira. Pero tu padre fue inocente. Yo he sido el cómplice de la mentira y del error, pero no he sido un cómplice inocente, sino el dueño y el preceptor de tu perfección. Eres mi verdadera creación. De manera que nos hemos odiado perfectamente. Nadie te va a ayudar a escapar de tu odio, porque no va a ser fácil que me sustituyas. No hemos sido padre e hija, lo que en ningún caso podía ser, sino más bien rufián y pupila. Pero ahora yo voy a morir.

Condénate. Traiciónate. No me mantengas con vida tratando inútilmente de que no se disperse tu odio, de que se mantenga junto, en los muertos. Que los muertos entierren a sus muertos, hija mía. Traiciónate. Vive.